# CARRIER

## LA GUERRE, YES SIR!

EDITED WITH INTRODUCTION,
NOTES AND BIBLIOGRAPHY
BY GUY SNAITH

PUBLISHED BY BRISTOL CLASSICAL PRESS
GENERAL EDITOR: JOHN H. BETTS
FRENCH TEXTS SERIES EDITOR: EDWARD FREEMAN

Cover Illustration: from an original drawing by Jon Clark

First published in 2000 by Bristol Classical Press
an imprint of
Gerald Duckworth & Co. Ltd
61 Frith Street
London W1D 3JL
e-mail: inquiries@duckworth-publishers.co.uk
Website: www.ducknet.co.uk



A catalogue record for this book is available
from the British Library

ISBN 1-85399-481-2

Printed in Great Britain by
Booksprint

# CONTENTS

# ACKNOWLEDGEMENTS

I would like to thank: Ted Freeman for first suggesting a French-Canadian text for the Bristol Classical Press series and Jean Scott for her editorial advice and unending patience; Peter Noble, Vivien Hughes, and the Canadian High Commission for a Faculty Research Program Award to finance a research trip to Canada; Editions Alain Stanké for permission to publish a new edition of *La Guerre, yes sir!*; Le Centre d'études québécoises de l'université de Montréal and Le Centre de recherche en civilisation canadienne-française de l'Université d'Ottawa for their invaluable help; Jean-Pierre Pichette, Conrad Laforte, Jonathan Vance, and the Canadian War Museum, Ottawa, for their help on individual points linguistic, musical, or military; Elizabeth Stuart, Danny Magill, Monica Nurnberg, and Anne Hammond for help with matters religious; Jon Clark for the cover illustration; Stanley Wegler, Stanley French and Leena Sandblom, Marie-Jeanne Préfontaine, and Antoine Soare for their hospitality in Montreal; David Needham and André Henri, David Coles and Alex Sichermann for their hospitality in Toronto; friends and colleagues in the Department of French of the University of Liverpool for their support and good humour; Roch Carrier himself for agreeing to answer questions; and Robert Dolan for his forbearance over the years. Any errors are, of course, my own.

Guy Snaith
July 2000

# INTRODUCTION

The 1960s were as tumultuous a decade in Canada as they were everywhere else. Amidst the general international atmosphere of liberation and revolution, Canada wrestled with specific problems of bilingualism and biculturalism, of national unity, of American influence, even of designing a new flag and adopting a national anthem. Minds were much exercised with just what constituted the Canadian national identity, or indeed whether there was one. I am in possession of a set of six books, French and English, sent out at the time by the Canadian government in a plush box embossed in gold: 'Six Steps Towards a National Identity/Six Etapes dans la recherche d'une identité nationale'. It is no wonder that 'Confusion' was the title Morton gave to his chapter on Canada's experience of the 1960s in his *Short History of Canada.*[1] It was also the decade during which Canada celebrated one hundred years of nationhood. Indeed, the writing of Roch Carrier's *La Guerre, yes sir!* was completed early in 1967, the centennial year. Two years earlier, in its preliminary report, the Royal Commission on Bilingualism and Biculturalism had warned: 'Le Canada traverse la période la plus critique de son histoire depuis la Confédération. Nous croyons qu'il y a crise...'.[2] Nevertheless, the success of Expo 67, the world's fair held in Montreal to celebrate the centennial of Canadian Confederation, allowed Canadians to take pride in what they had achieved. And even if some Quebec bumper stickers proclaimed '100 ans d'injustice' and General de Gaulle stirred up the crowds with his 'Vive le Québec libre' speech, Canadians on the whole felt as pleased and as proud as Canadians would ever let themselves feel.[3] After all, the years of the Quiet Revolution were drawing to a close in Quebec and the federal government's 'Just Society' about to begin. *La Guerre, yes sir!* is a product of that Canadian ferment and more specifically of that flowering of creativity which accompanied the upheavals which Quebec experienced on so many fronts during the 1960s. It is a novel which comes to grips with change, which explores French/English relations, and which looks back to what Quebec had been and forward to what Quebec might be.

## CONTEXTS

### (i) Geographical Context:

Quebec is the largest province of Canada, which is itself, after Russia, the second largest country in the world. The province's landmass stretches from the American border in the south to Hudson Strait in the north, from Ontario and Hudson Bay in the west to Labrador and the Gulf of St Lawrence in the east. Topographically, the province encompasses therefore Arctic tundra in the far north, the rocky forested Canadian Shield in the centre, the fertile lowlands of the St Lawrence Valley and, at the border with the American states of Vermont, New Hampshire and Maine, the northern end of the Appalachian mountain chain. The name Quebec derives from an Algonquin word meaning 'where the river narrows' and first appears on a map in 1601 to designate the site of the present Quebec City, where the St Lawrence River does indeed narrow.

The population is at present over seven million, of which about 80% are French-speaking. But Quebec is not the only French-speaking area in Canada, for at least one million other Francophones live in New Brunswick, Ontario, and Manitoba, as well as generally throughout the country. Nevertheless, the highest concentration of French speakers lives in Quebec because historically this is where the first French explorers set foot.

### (ii) Historical Context:

#### *(a) 'Je me souviens': New France*

North America was already populated when European explorers began to arrive in the late fifteenth century, for native peoples with tribal, cultural, and trading links lived throughout what is now eastern Canada and the north eastern United States. For Europeans the lure of North America was initially that of fish. In the century following John Cabot's exploration of Newfoundland in 1497, hauls of cod from the Grand Banks outstripped even gold and silver from South America to become Europe's chief trans-Atlantic trade. More fantastic as an aim, and ultimately more elusive, was the quest for a short route to the riches and spices of Asia via a northern passage to the Pacific. Throughout the early sixteenth century, Verrazano, Cartier, and Roberval were all dispatched in vain by the French crown. Increasingly, however, furs also became a major enticement. With the extinction of the European beaver, North American beaver pelts became invaluable for the making of felt for hats. The native population was likewise invaluable in supplying the pelts. But, although this northern territory had been claimed for France by Cartier in 1534, colonisation was slow to establish itself since the fur trade did not require an extensive European labour force or an established agricultural community.

The first French settlement was the foundation in 1604 of the colony of Acadia in what is now Nova Scotia. By 1608 the explorer Champlain had founded a second colony at the site of a native settlement, Stadacona, at what is now Quebec City. He brought out the first missionaries, the

Recollects, in 1615; the first farmer, Louis Hébert, arrived in 1617. Other religious orders followed: the Jesuits in 1625, the Hospitalers in 1636, the Ursulines in 1639, the Sulpicians in 1657. In 1642, at the Indian settlement of Hochelaga, Maisonneuve founded Ville-Marie de Montréal. The first hospitals and schools followed there in the 1640s and 1650s. Yet despite such activity, the colony grew slowly.

In 1663 New France, with a population now of 2,500, was taken out of the hands of fur-trading companies by Louis XIV and his minister Colbert and turned into a royal colony, administered directly from Paris like any other French province. Indeed, New France now resembled a miniature France itself. The clergy and religious institutions were firmly in place and under the auspices of a bishop from 1674, an intendant oversaw public order and finance, justice was dispensed by royal courts, and a semi-feudal agricultural system was based on *seigneurs*, from whom peasant farmers, *habitants*, rented their land. Moreover, there were now recognisably French towns with churches and markets, merchants and artisans, and buildings reminiscent of Breton and Norman models. Unfortunately, the momentum was not to be maintained. By the end of the century, Louis XIV's interests were turned more towards war in the European sphere. Needing soldiers and fearing depopulation in France, Colbert had slowed immigration to a trickle; and throughout the eighteenth century the neglect of the French government meant that the regiments there to defend the colony were rarely kept at full strength. Nor was Louis always successful in his wars. By the Treaty of Utrecht in 1713, the War of the Spanish Succession ended with France giving up the colony of Acadia as well as its possessions in Newfoundland and Hudson Bay.[4] The inhabitants of New France had a right to feel increasingly beleaguered. In 1689 when their population had reached 10,000, there were already 200,000 Anglo-Americans. By 1756, when the Seven Years' War began, the population of New France had risen to around 65,000, but there were now 1,500,000 in the thirteen English colonies to the south.

French and English relations in North America had always been tense as both sides strove for supremacy in the fur trade, or vied for Indian alliances, or tried to contain each other's territorial ambitions. The final act of this struggle took place on 13 September 1759 as the English general Wolfe met the French general Montcalm on fields to the west of Quebec City. Both sides fought bravely, but the French were defeated, with both generals fatally wounded on the battlefield. In a very Canadian way, the monument at the site commemorates the loss of both of them. In the spring of 1760, at Sainte-Foy, just outside Quebec City, the French won a second battle against the British, but through lack of reinforcements were unable to consolidate the victory. These battles were but the North American front of a European conflict. From 1756 France, Britain, and their allies were engaged in the Seven Years' War, at the end of which in 1763, by the Treaty of Paris, New France was ceded to Britain at the same time as Florida was ceded by Spain. With these final pieces, the British had completed the jigsaw of making the eastern seaboard of North America British from the Gulf of Mexico to the Gulf of St Lawrence.

Canadian history can be viewed in two or more ways depending upon your ethnic perspective. English Canadians, for example, will talk about the Battle of the Plains of Abraham or the Fall of Quebec; French Canadians will talk about *La Conquête*. English-Canadian historians may point out that 'good relations had been established between the conquerors and the conquered soon after the Battle of the Plains in 1759', and even be able to provide heartwarming proofs: 'General Townshend lent Bougainville enough money to care for the French sick and wounded, though his own troops consequently went unpaid. ... while the Ursulines knitted long woolen stockings for the kilted Highlanders during their first winter in Quebec'.[5] Or they may comment on General Murray's 'good will' in circumventing the fact that the Roman Catholic Church was illegal in Britain by having a new bishop of Quebec consecrated in France.[6] Or on his commanding 'his troops to respect Catholic processions' and 'organizing the shipment of foodstuffs to stave off starvation'.[7] From an anglophone point of view 'the capitulations of Quebec and Montreal granted just and generous terms to the vanquished';[8] from a francophone point of view, however, these are dark days. Introducing English civil law is seen as undermining 'le fondement de la société canadienne-française', imposing the Test Oath, 'c'est exclure les Canadiens de l'administration et les soumettre, en pratique, à l'arbitraire d'une minorité protestante et anglophone'. In short 'la Proclamation de 1763 se révèle donc dans les faits un carcan insupportable aux traiteurs soumis à une réglementation impériale, une politique assimilatrice inacceptable pour les Canadiens'.[9]

Thinking of the events of 1759-1763 as *La Conquête* bears witness to the fact that many French Canadians up until the 1960s saw themselves still as conquered and colonised. In the *avant-propos* of his *Petit Manuel d'histoire du Québec*, written at this time, Bergeron declares: 'Nous, Québécois, subissons le colonialisme. Nous sommes un peuple prisonnier'.[10] Survival was all that remained to them: survival of the race, survival of the language.[11] Unable to depend on France any more, for there would be no official direct contact with the mother country until the 1850s, they would have to find within themselves the ability to survive. But, of course, they had already been surviving against the odds for 150 years. Survival techniques for the Church and the *seigneurs* meant making a private peace with the new regime. Religious toleration was granted immediately and there was to be no great seizure of religious property or confiscation of seigneurial holdings. Indeed – and trust an English-Canadian historian to point it out – in a short time young ladies of the French-Canadian elite were marrying British officers.[12] By far the greatest number of people, however, were ordinary *habitants*. With the British having given the Church and their *seigneurs* free rein to let life continue as it had before, the *habitants*' life did not change much either. They would go on farming, let the English get on with the administration and commerce, and rock the boat as little as possible. So developed the various myths that sustained French Canada well into the twentieth century: French Canadians are a people of the soil, extremely religious and with large families in order to perpetuate the race, submissive, with an inferiority complex, and preoccupied with the past. New France was easily romanticised until the French regime glowed as a golden age of traditional values, a mythic age of missionaries, explorers and *coureurs de bois*,[13] evoked now by just a sprinkling of place names: Duluth, Detroit, Terre Haute, St Louis, Baton Rouge, New Orleans, vestigial linguistic demarcations of the great arc that was the French territory in North America. Bergeron writes: 'Notre élite nous fit rêver au Grand Empire Français d'Amérique Du Temps de Frontenac pour ne pas nous sentir trop humiliés dans notre situation de peuple conquis ...' (p. 4). It was as if, after the Conquest, there was no more future: the future, with all that it implies of progress and advancement, belonged to the English, while to the conquered all that remained was the past, as evidenced by the provincial motto: *Je me souviens*. It was to the advantage of their own elites – the Church and the landowners – that French Canadians should not think otherwise.

*(b) 'Rien n'a changé': To 1960*

For two hundred years, therefore, right up to the 1960s, Quebec remained a bastion of conservative, traditional Catholic values. Writing of Quebec after the Rebellion of 1837, Bergeron observes:

> [L'élite laïque] va prêcher aux habitants la vocation du paysan. On va lui crier du haut de la chaire que l'homme idéal, après le curé, c'est l'habitant qui travaille dur, qui élève une 'grosse' famille, va à la messe le dimanche, est le représentant du prêtre dans sa famille, donne un fils au clergé et quelques filles aux communautés religieuses féminines, meurt d'épuisement pour aller s'asseoir au ciel à la droite du Père éternel. La femme, pour sa part, doit passer de l'état de jeune fille pure à l'état de mère de famille nombreuse qui travaille dans l'étable et dans les champs avec son homme si elle n'est pas en train de mettre un enfant au monde. (p. 114)

The Church was omnipresent especially in the countryside and small towns, controlling education, providing health care and social services, overseeing morality, and making the parish the centre of social life. It being less easy to keep an eye on one's flock in the cities, the prevailing clerical ideology was therefore one which emphasised the virtues of rural society and the perils of urban life. Nevertheless, the flow of young men forsaking agriculture in favour of the bright lights of the city seemed unstoppable in the twentieth century: between 1901 and 1951 the proportion of men in farming in Quebec fell from 44.7% to 17%.[14]

In 1867, under the British North America Act, the Province of Canada, which comprised Canada West (Ontario) and Canada East (Quebec), united with the colonies of Nova Scotia and New Brunswick to form a new country, the Dominion of Canada. At this point French speakers constituted a third of the population of the confederation. However, as more English-speaking territories in the west joined the union, Quebec became disquietingly aware that it was an increasingly lone French voice amongst many more English voices. Intermittent ethnic and linguistic crises served to underline this minority status. Louis Riel, French-speaking and Catholic, hanged as a traitor in 1885;[15] the abolition of French for official use in Manitoba and of the province's dual and denominational school system in 1890; conscription in 1917 and again in 1942: in all these cases Quebec found itself thinking differently to the rest of the nation.

The years from 1930 to 1960 have been called *La Grande Noirceur*. During this period Quebec remained picturesque but backward, conservative and insular, watched over by its 8,000 priests and 50,000 nuns and monks.[16] Clerical ideology continued to praise the soil and the family, to idealise rural life and to cling nostalgically to the past. In the 1930s *L'Association de la Jeunesse* took as their slogan *Notre maître, le passé*, the title of one of the books of their leader, the abbé Lionel Groulx. The church continued to hold up as 'un petit catéchisme de la survivance nationale'[17] a novel of 1914, the legendary *Maria Chapdelaine*, ending as it does with what are meant to be uplifting sentiments: 'Au pays de Québec rien n'a changé. Rien ne changera, parce que nous sommes un témoignage'.

### *(c) 'C'est le temps que ça change': The 1960s and after*

In 1960, with the slogan 'C'est le temps que ça change', the Liberal party, under Jean Lesage, swept into power in Quebec ending over fifteen years of conservative rule. The next six years of Liberal government have become known as *La Révolution tranquille*. The Liberal manifesto had promised a programme of *rattrapage*, of catching up with the rest of North America. Areas traditionally associated with the Church like hospitals and education were secularised, ministries of social welfare and cultural affairs were set up. A snap election in 1962 (the Liberal slogan this time being 'Maîtres chez nous') had as its central issue the proposed nationalisation of the hydro-electricity industry, with the aim of putting an end to what was perceived as the economic colonisation of Quebec by English Canadians and Americans. Lesage won again; *Hydro Québec* came into existence in 1963. By the time Lesage fought and lost his third election in 1966, his first electoral slogan 'C'est le temps que ça change' had been put into practice. Quebec had changed, to which Lacroix bears witness:

> En quelques mois, le Bien-être, la Santé et l'Education passent sous le contrôle de l'Etat. Comme si d'un seul coup la France vivait 1789 et 1848! Le changement est complet, il s'attaque aux habitudes acquises, il va à l'essentiel des structures socio-politiques: il laisse la paroisse à l'arrière-plan, atteint les consciences et marque jusqu'à la vie intime des gens. Maintenant, les Québécois divorceront, s'enrichiront, 'gambleront' et danseront au rythme de l'Amérique du Nord. Les politicologues [*sic*] ont parlé de *révolution tranquille*. L'expression est, on ne peut plus, exacte.[18]

The choice of Montreal as the site of the world's fair to celebrate the centennial of Canadian Confederation in 1967 and as the venue for the Olympic Games in 1976 was proof of Quebec's new-found desire to look outward and to a new confidence in being French-Canadian. For Canadians who value the union of French and English, an unfortunate consequence of this new confidence was the rise of separatist sentiments, leading in extreme cases to organisations like the *Front de libération du Québec* and their terrorist campaigns, culminating in the October Crisis of 1970.[19] In the preface 'To English Canadians' of the translation of his history of Quebec, Bergeron commented in 1971:

> Quebec is spoiling the image Canada has of itself. Quebec is disturbing the comfort of a 'peaceful country going about its business.' Quebec is undermining the very foundations of a well-adjusted modern state. How awful can a province get?[20]

By 1968, therefore, the year of *La Guerre, yes sir!*, the Quiet Revolution was at an end, but changes had been effected which had propelled Quebec into the twentieth century and which could not and would not be undone. The self-confessed separatist terrorist Pierre Vallières confirmed: 'Le Québec...vient de "sauter" du Moyen-Age au XX$^e$ siècle'.[21] Nevertheless, Quebec was not turned overnight into a land of milk and honey. In the late 1960s the Royal Commission on Bilingualism and Biculturalism reported that within Quebec itself a unilingual Anglophone could expect an average salary of $6,049, while a bilingual Francophone could expect $4,523, and a unilingual Francophone $3,107.[22] Moreover, emigration to the United States, the constant threat of assimilation within Canada itself, and a falling birthrate meant that French Canadians as a whole continued to have reason to worry about their sheer survival. Much of the conflict within Quebec and between Quebec and the rest of Canada during the last thirty years has had the demographic, linguistic, and cultural survival of the 'French Fact' in North America at its root. Quebec governments have, for example, tried to encourage larger families by offering bonuses for each successive child. Although since 1969 both the English and the French language have had equality of status within Canada, true bilingualism has remained more in the realm of an ideal than a reality. In the face of the seemingly unstoppable encroachment of English, linguistic survival has meant legislation such as Bill 101, *La Charte de la langue française*, of 1977, whereby French was proclaimed the official language of Quebec. With bilingual signs outlawed in the street and campaigns for French to be the sole language of the workplace, these have been times of great tribulation for Anglophones in Quebec.

During the last twenty years, constitutional wrangling, failed compromises and acrimonious debates have all accompanied the issue of Quebec's status in Canada. Would it be best just to accept the status quo within the Canadian federation? Would some form of 'sovereignty association' work? Or should Quebec make a stab at going it alone as an independent state? The periodic referenda do not bode well for the prospect of Quebec remaining part of Canada. In 1980, 59.6% of Quebeckers voted against sovereignty association and therefore in favour of the status quo; in the referendum of 1995, the margin by which those in favour of the union won had shrunk to less than 1%. The expectation of the unravelling of the Canadian confederation now keeps the shelves of bookshops stocked with titles such as *Deconfederation: Canada without Quebec* (French title: *Goodbye...Et Bonne Chance!: Les Adieux du Canada anglais au Québec*), or *Le Rêve de la terre promise: Les Coûts de l'indépendance* (English title: *If Quebec Goes...The Real Cost of Separation*), or the apocalyptically simple *Breakup: The Coming End of Canada and the Stakes for America.*[23]

### (iii) Linguistic Context:

Fewer than 10,000 colonists emigrated to New France during the seventeenth century. It is from them that the present population of French Canadians and Franco-Americans is descended. They came for the most part from the northern and central provinces of France, one in five coming from Normandy.

The French spoken by the settlers of New France reflected the situation of the French language in France at the time of their emigration. In the seventeenth and eighteenth centuries French as we know it was spoken only in Paris and the Ile-de-France. In the New World, therefore, officials of the church and government spoke this kind of French, whereas the colonists spoke the regional dialects of various French provinces. Nevertheless, once in Canada, thrown together in mixed linguistic communities, differences were soon levelled out, and a common language naturally developed. Indeed, standardisation of the French language was achieved much more quickly in New France than in France itself. By 1763 the earlier dialects had given way to 'une nouvelle espèce de français: le canadien'.[24]

Cut off from the mother country since the mid-eighteenth century, Canadian French has had to develop on its own, and it is therefore not surprising that there are now differences between it and the French of France. Archaisms, dialectisms, anglicisms, as well as borrowings from North American Indian languages, have all provided Canadian French with distinctive features. Early French visitors had remarked on the linguistic purity of the French spoken in the colony, but by the turn of the nineteenth century Canadian French was being described as a patois. Now, although 'patois' is a perfectly respectable linguistic term to describe a local form of speech, one that differs from educated or literary language, at the same time it is also used loosely as a way of denigrating someone's way of speaking as debased or degenerate. Bergeron, for example, shows his disdain for words like 'dialects' and 'patois' by describing them as 'essentially derogatory terms...equated...with non-language, monkey-chatter or gibberish'.[25] From the mid-nineteenth century and intermittently throughout the twentieth century, there have therefore been *campagnes de bon parler*, attempts to purify the sounds and correct the grammar of the French in Canada. As late as 1968, the year of *La Guerre, yes sir!*, there was published, with the help of the *ministère des Affaires culturelles du Québec*, a *Dictionnaire correctif du français au Canada*.[26] On the other hand, from the 1950s, there had also been on the part of many writers a revelling in the use of *joual*, the speech of a working class district of Montreal, the term springing from the local pronunciation of the word *cheval* and soon used as a blanket term for the vernacular speech of Quebec as a whole. Although the term *joual* is no longer used thus, Bergeron, like many others, would still want to celebrate the uniqueness of the French language in Quebec; in his introduction to *The Québécois Dictionary* he points out that the very title of his dictionary states that 'there *is* a Québécois language' (p. viii). Carrier obviously found himself in a quandary as regards how to have his characters speak in *La Guerre, yes sir!*. *Joual* was not the solution, as he revealed in an interview before the novel's publication:

> Dans mon roman, le problème s'est posé de faire parler avec naturel des gens dont le vocabulaire ne dépasse pas 200 mots. Je crois que le joual n'est pas une solution. C'est du langage parlé, non écrit. Alors plutôt que de déformer les mots pour leur prêter un son juste, j'ai choisi d'adapter la syntaxe.[27]

After the completion of the trilogy of novels he ended up writing, Carrier spoke again about the choice he had to make as regards the language he was going to use:

> J'ai écrit en français parce que je connais mieux cette langue que l'anglais; d'autre part, le québécois, qui est ma langue maternelle, transparaît dans mon français et je n'en suis pas honteux. J'aurais écrit en québécois si cette langue pauvre avait offert autant de malléabilité, de puissance et de nuance que le français. Mes personnages, si on lit leurs dialogues, semblent parler trop peu québécois, je ne vois pas pourquoi j'aurais écrit au son comme disait ma grand-mère, qui, elle, écrivait au son parce qu'elle n'avait pas étudié en Sorbonne.[28]

The French speakers of Canada are not French any more than the English speakers of Canada are British. They are a North American people who happen to speak French because the area of the continent that they inhabit was settled by people from France. Indeed, even before the Fall of Quebec, differences between the inhabitants of New France and those of the mother country were already evident. As Hamelin and Provencher write of Canadian society on the eve of the conquest:

> Il s'est opéré au fil du temps une différenciation prononcée entre Français et Canadiens, qui repose finalement sur une dualité des valeurs et des aspirations.... Pour le Canadien, l'égalité l'emporte sur la hiérarchie, les impératifs du milieu sur les problèmes de morale et de mentalité. Et si la ville a préservé pendant un temps une certaine tradition culturelle française, c'est à la campagne, à travers l'habitation, l'habillement, l'alimentation, l'outillage et les conditions de vie, que la canadianisation des moeurs s'est fait sentir le plus rapidement. (p. 36)

The use of *Canadien* in the above quotation also introduces the vexed question of ethnic terminology. The name *Canada* comes from the Iroquois *Kanata* meaning a village or community and was used by Cartier in 1534 to refer to the native settlement at Stadacona. Since the French were the first Europeans to settle in the region, they called themselves *Canadiens* or *Canayens*, the vernacular pronunciation. With the British takeover, the name *Canada* continued to be used to designate what had officially become 'the province of Quebec', but there were now two European nationalities living in the same colony. In 1867, *Canada* was taken as the name of the country formed by the confederation of four British colonies, three of which were predominantly English-speaking. The feeling can therefore exist that the very name that the earliest French inhabitants took for themselves has been usurped by the conquerors. Although *Canadien* may still be used by the French amongst themselves to refer to themselves, within the national context they are *Canadiens français*. Even more galling is the fact that, having once been sole possessors of the name, they are now a minority in a country where most English speakers think of themselves as Canadian and of French speakers as *French* Canadian. In the 1960s the Royal Commission on Bilingualism and Biculturalism gave currency to the terms *francophone* and *anglophone* to describe the two linguistic communities. To these were added *allophone* for those whose native language was neither English nor French. Within Quebec, during the 1960s, *Québécois* began to be used by those with nationalist leanings and is now a thoroughly accepted term, although not an inclusive one since it excludes those French speakers outside Quebec. In 1978 Carrier summed up the changing terminology:

> Moi je suis Québécois, mon père était Canadien français, mon grand-père, lui, il était Canadien. Un Canadien c'était quelqu'un qui habitait le Québec. Tous les autres autour, c'étaient des Anglais.[29]

In the context of *La Guerre, yes sir!*, a novel set during the Second World War, one will find that the inhabitants of the small Quebec village refer to themselves as *Canadiens français* and to English Canadians as *Anglais*, a term which is also used for the inhabitants of *l'Angleterre*, of course. *Français*, however, is reserved solely for the French of France. The English Canadians in the novel refer to their French-speaking compatriots as *French Canadians*.

## *LA GUERRE, YES SIR!*

### (i) Genesis and Reception:

One of Quebec's best known writers, with novels, plays, short stories and poetry to his credit, Roch Carrier was just at the beginning of his literary career when he set about writing *La Guerre, yes sir!* in 1967. Born thirty years earlier, he had grown up during the 1940s and 1950s in Sainte-Justine, a small town in rural Quebec near the American border. He has recalled that at school a friend lent him a copy of Voltaire's *Candide*, and it was a revelation for the twelve-year-old: 'Je me demande si, à la découverte de l'Amérique, Christophe Colomb a été aussi émerveillé devant ce continent qu'il découvrait'.[30] In one of his literature manuals he even scribbled: 'Je veux être Voltaire ou rien'.[31] Writing from an early age, he had two collections of poetry published in the 1950s. He went to university in Montreal and then to the Sorbonne. After having been in France for five years, Carrier returned to Quebec in 1964 and that year had published his first prose fiction, a collection of short stories called *Jolis Deuils*. The change that Carrier then noticed in Quebec he has since described as 'almost unbelievable'[32]. As well as the political, economic and social changes, a revolution in Quebec letters was also underway. It was to try to understand these changes, to understand how Quebec had reached this point, and indeed where it was heading, which provided the impetus to Carrier to write his first novel. He has often defended the use of a past event like the Second World War to do just this:

> Ce qui m'intéresse, c'est le présent, mais on s'aperçoit qu'on traîne des racines en arrière, des jambes qui ont passé dans la boue. On n'est pas vierge comme ça dans un moment précis, on traîne un passé. Ce qui a amené le déclic sur un sujet ancien, l'époque de la guerre, c'est que j'avais besoin de comprendre viscéralement en 1967 le problème du Québec.[33]

One of the problems facing Quebec in 1967 which he wanted to confront was that of the conflict between the two major language groups that make up Canada. Bilingualism and biculturalism were in the air, the Canadian Prime Minister, Lester Pearson, having set up in 1963 a Royal Commission to investigate Anglo-French relations. Their first report would be published in December 1967. By April of 1968 Canada would have, in Pierre Elliot Trudeau, a French-Canadian Prime Minister. Carrier has said:

> Moi je voulais vivre par les viscères, par l'inconscient, par imagination les deux forces qui allaient s'opposer, soit les conflits entre les deux groupes ethniques du Canada.[34]

Certain that French and English in Canada would inevitably clash in reality, what Carrier wanted and what he set out to create, therefore, was a situation in which French and English Canadians would confront each other in his fiction. Remembering from his childhood having seen a dead French-Canadian soldier being returned to Sainte-Justine, Carrier had the situation that he needed. [35] Nevertheless, it must be pointed out that, since the Canadian government does not repatriate its fallen soldiers, what Carrier actually saw, according to his mother, was a French-Canadian soldier who had joined the American army being returned by what one must assume were American soldiers, the American army having a policy of repatriation.[36] To those who criticised him for the implausibility of the situation, saying that the Canadian army would surely have sent Francophones with the coffin, Carrier has declared: 'Or moi, je l'ai écrit comme tel pour créer une situation de conflit'.[37] More important, therefore, than absolute historical veracity is the power of the fictional situation itself. Indeed, Carrier has always proclaimed himself to be against a narrow conception of realism, believing instead that there are greater truths than simple literalism, that through the imaginative, through exaggeration, the burlesque, the grotesque, the fantastic even, an author can often reach realities which are beyond realism. He has declared: 'J'aime bien exagérer.

Le fantastique c'est une exagération et c'est peut-être le meilleur moyen de rencontrer la vérité.'[38] And throughout the published interviews with him, truth, *vérité, réalité* are words which keep recurring. On the publication of *La Guerre, yes sir!*, he told André Major: 'J'ai essayé de trouver une certaine vérité de vie'.[39] Three years later, to Donald Cameron, he stated: '...the first task we have is to tell the truth. You have to take some risk to tell the truth.'(p. 22). Seven years later, in reply to the question: 'Est-ce un pays réel ou fictif que finalement vous décrivez?', Carrier answered:

> 'Bien sûr, c'est un pays fictif, mais en réalité qu'est-ce que c'est la réalité, qu'est-ce que c'est la fiction? Je suis persuadé que je n'écris pas un documentaire... J'écris de la fiction, j'en suis conscient, mais je crois que c'est une fiction qui permet de rencontrer une réalité parce que les fictions, les romans, sont pour moi des moyens privilégiés pour le faire'.[40]

This sought-after combination of fantasy and reality is well caught in the dedication of the novel: 'Je voudrais dédier ce livre, que j'ai rêvé, à ceux qui l'ont peut-être vécu'.

*La Guerre, yes sir!* was quickly written in the space of twelve days, the text of the first edition stating on the last page 'Avril 1967'. Carrier's original choice of title was *La Nuit blanche*, but he was persuaded to change it to something catchier that would immediately grab the attention of bookshop browsers. Carrier has confided how he finally came up with the title:

> J'ai travaillé pas mal de combinaisons; je trouvais qu'un des éléments importants, c'était, bien sûr, la guerre, puis l'autre élément important c'étaient les Anglais. *Yes sir!* c'est en anglais, c'est aussi militaire. Comme un martèlement. *Yes sir!* c'est un oui, oui, comme le personnage le fait tout le temps, c'est juste.[41]

Published in Montreal in early 1968, *La Guerre, yes sir!* received generally favourable reviews. Admittedly shocked by the violence of the novel, Quebec reviewers consistently pointed out the caricatural nature of the book. His review entitled 'Violente caricature de la guerre', Lapointe concluded: 'Il faut lire ce livre impitoyable et rapide comme une caricature'.[42] Under the title 'Le parti-pris du réalisme caricatural', Major warned: 'Le roman que vient de publier Roch Carrier est sûrement, en dépit de son réalisme évident, une oeuvre de caricature'.[43] Pontaut took reassurance from the dedication that what one had in the novel was 'un réel boursouflé par le rêve'.[44] Nevertheless, through the exaggeration and the excess, Carrier was judged to have revealed truths and not just about the Quebec of twenty-five years earlier. Pontaut pondered: 'Fut-on jamais plus impitoyable (et peut-être plus vrai) pour cette époque et ce système qu'on veut croire aujourd'hui révolus?', while Lapointe ended his review with: 'Féroce et fervente, l'imagination essentiellement "fabuleuse" de Roch Carrier éclaire notre vie individuelle et collective'. In another review Gallays wrote that 'c'est toute l'âme de la paysannerie, sinon de la société canadienne-française qui se découvre ici tant avec ses qualités et ses défauts qu'avec ses joies et ses misères'.[45]

Translated into English in 1970, *La Guerre, yes sir!* constituted what Hébert has called '*le* livre qu'attendaient les Canadiens de langue anglaise'.[46] Throughout the 1960s, as Quebec awoke from its 200 year-long slumber and began to stretch itself, much of English Canada began for the first time to take notice of it. As Quebec began to become fractious, as bombs started exploding in Montreal, as political parties were set up with the avowed aim of taking Quebec out of Canada, English Canadians were baffled and bemused. *La Guerre, yes sir!* appeared to provide an answer. In the course of translating the novel, Fischman felt what many anglophone readers would soon feel:

> Pour la première fois, je commençai à prendre conscience de la condition québécoise, à la comprendre, à éprouver envers elle un début de sympathie: je commençai à formuler des réponses à la perpétuelle et folle question: 'What does Quebec really want?.[47]

Since the translation came out in a year that would culminate in the October Crisis with Montreal under martial law, such a question had a particular immediacy.[48] With just this in mind Fischman further commented on the significance of the novel to English Canadians:

> Voilà enfin une oeuvre littéraire, non un tract politique, qui n'exprimait ni accusations ni revendications, mais qui, avec plausibilité, évoquait un arrière-plan propre à faire comprendre cette période tragique. (p.43)

Carrier's success in English Canada dates from the translation of *La Guerre, yes sir!*. Later novels have been eagerly awaited and have been translated at a steady pace by Fischman, to the point that Hébert can state: 'Au Canada anglais, en effet, il ne serait pas exagéré de dire que Roch Carrier est l'écrivain québécois le plus lu ou, à tout le moins, le plus connu'.[49] As late as 1980 Beaulieu wrote: 'Curieusement, il a d'abord été reconnu au Canada anglais. ...Encore aujourd'hui, bien que sa popularité ait considérablement augmenté au Québec, ses livres sont plus lus en anglais...' (p. 72). In 1982, on the strength of these translations and his lecture tours across Canada, the magazine *Maclean's* called Carrier 'an unofficial spokesman for Quebec's social and cultural aspirations'.[50] But references by anglophone critics to *La Guerre, yes sir!* providing 'immediate insights into some of the most profound problems in Quebec society' make Hébert worry that English Canadians, desperate to have their questions about Quebec answered, looked on the novel as 'une radiographie de la société québécoise: document sociologique jugé réaliste'.[51] Hébert fears therefore that if English Canadians are not aware of the exaggeration, the distortion, the caricature, then they are in danger of believing the stereotypes and perpetuating the myths about French Canada and French Canadians found in the novel. He poses the question: '*La Guerre, yes sir!* livre-t-elle la nature «véritable» du Québec, ou ce roman est-il au contraire un miroir déformant? Le lecteur anglophone est-il victime d'une distortion?'.[52] Certainly the word 'caricature' does not often appear in the anglophone reviews, but at least one critic was totally aware of the exaggeration:

> Best-seller or not, it is an excellent book, and this despite it being riddled with what I think I shall start calling 'The Zorba Fallacy' which can be stated as follows: 'We are crass, vulgar, violent, blood-thirsty, and primitive, but by God we are Alive!'.[53]

Elsewhere there is undoubtedly an awareness that the novel is set during the Second World War, therefore at a distance from contemporary realities. At the same time, it must be pointed out that francophone reviewers did not shy away from using words like *réel* and *réalisme* themselves, Pontaut concluding, for example: 'On aurait quelque mal à soutenir que ce tableau n'est que caricature et qu'invention'. There are truths here; Carrier intended there to be. In exhortations to his readers such as: 'mes frères québécois ne voyez pas là un retour en arrière ou une dérobade devant le présent, soupçonnez plutôt une volonté d'aller vers l'avenir avec des yeux qui soient les miens',[54] Carrier's intention seems clear: in writing about the past, Quebec's present and future are also kept firmly in mind. Anglophones were thus not totally misreading the novel in seeing contemporary resonances therein.

**(ii) Literary Qualities:**

Anglophone critics also appeared more impressed by the literary qualities of *La Guerre, yes sir!*. Sutherland hailed 'the book's striking originality' and the author's 'remarkable skill', reflecting: 'He might well be able to do for French Canada what Faulkner did for the American South'.[55] Ludwig saluted 'the fabulous qualities in Roch Carrier's important novel' and compared him to Stendhal, Gide, Faulkner (again), Joyce, Cervantes, Kafka and Lorca, with Brueghel thrown in on the art historical front.[56] A couple of years later, Green, adding Balzac to the list of comparisons, was still able to rhapsodise: '*La Guerre, yes sir!* is a first novel of staggering sophistication and control, proving that there now exists in Montreal a major international writer'.[57] With the novel on the English-Canadian bestseller lists throughout the spring and summer of 1970, with so many superlatives in the air and so many lofty comparisons being made, Sykes entitled his review: 'Will *La Guerre* survive fashionability? With a little luck, *oui*'. Aware of what uses the novel could be put to in academic circles: to shed light on 'this separatist thing [which] is intriguing the students' or 'your interesting thesis on cultural alienation', Sykes pleaded with 'Professors of Literature everywhere': 'Don't make *La Guerre, yes sir!* the subject of your forthcoming seminar.... Don't interpret it. Don't cage it in the lecture hall. It's alive. Nothing you will say about it is as good as the thing itself'.[58] On the other hand, the most damning of the francophone critics, Bernier, fulminated: 'Roman mal structuré et superficiel, *La Guerre, yes sir!* se révèle aussi un roman mollement écrit', by which he meant that the writing was 'faible, anonyme', betraying 'une nonchalance, voire une sorte de mépris du style'. He concluded: 'Je n'ai à aucun moment senti cette passion artisanale de l'écriture'.[59] Dionne, however, defended Carrier by pointing out that the author was 'avant tout un conteur d'histoires'.[60] In his review Lapointe had also hailed Carrier as 'un conteur né', singling out individual episodes for praise as 'de véritables contes' in their own right, while Pontaut had been reminded of *contes* of Boccaccio and the Quebec writer Ferron. In an interview ten years later, Carrier agreed that his novels, written 'par bonds, par étapes', were constructed like 'un assemblage de contes ou de récits liés les uns aux autres'.[61] In the case of *La Guerre, yes sir!* there are thirty-eight sections of varying lengths divided by asterisks. A feeling of energy, speed and spontaneity is characteristic of the novel. As it opens, for example, we are swiftly introduced to Joseph, then Amélie, Henri, and Arthur, then Arsène and Philibert, who are finally joined by Joseph. The effect of these juxtaposed sections is like that of cinematic cross-cutting to achieve a feeling of concurrency of events. That and the prominence of dialogue makes it not surprising that the novel was turned into a play or that a cinematic version was proposed. Carrier's preference for a short, episodic narration may also be due to his admiration for Voltaire extending beyond content to the form and style of Voltaire's *contes*, which, as a teenager, he set about imitating. Other qualities shared with *Candide* are the parodic and carnivalesque style, the grotesque and comic violence, the exaggeration and excess, the sacrifice of physical description and of psychologically rounded characters to tempo. When an English-Canadian reviewer of the translated novel enthused about 'a brilliant sense of narrative pace',[62] Carrier might well have replied that this was due to 'ce rythme vif de la phrase que Voltaire m'a enseigné'.[63] The strong story-telling tradition of Quebec also means that the text reads well out loud, its orality enhanced by a syntactical freedom which allows sentences to run on through a series of commas, colons, and parentheses – one such sentence runs to nineteen lines subordinating with 'quand' five times (p. 58). The sheer vitality of *La Guerre, yes sir!* spurred anglophone reviewers to make comparisons with the literary productions of English Canada, often to the latter's disfavour. Ludwig began his review of the translation thus: 'Back in 1968 a Canadian writer in Montreal published a novel in French called *La Guerre, Yes Sir!* which put us *Anglais* novelists to shame'. He continued:

> *La Guerre, Yes Sir!* is a short book (just 113 uncluttered pages) which arrives at this length by dumping the novelistic machinery we have carried clanking from the Nineteenth Century into the Twentieth... – no batches of exposition, no rotogravured local color, no help-the-poor-reader explanations. Instead, the imagination dramatically asserts literal and symbolic reality, properly scornful of academic categories like 'credibility'.

He concluded that *La Guerre, yes sir!* had confirmed his suspicions 'that Canadian literature in French is a far more vital and powerful thing than the stuff we in English dourly detail'.

**(iii) 'Cette nuit du Québec':**

Carrier did not set out to write three connected novels, but on finishing *La Guerre, yes sir!* he felt that he still had not fully come to grips with Quebec's past. In 1969 a second novel followed, *Floralie, où es-tu?*, in which the wedding night of the parents of the young man buried in the first novel is chronicled. The third novel, *Il est par là, le soleil*, was published in 1970 and recounts the fortunes in Montreal of another young man first seen in *La Guerre, yes sir!*. In the spring of 1969, Carrier had also been asked to dramatise *La Guerre, yes sir!*. The play version opened on 19 November 1970, at a time when Montreal was under martial law. As one critic has written of the play:

> Les «événements d'octobre 1970» ne furent probablement pas étrangers au succès de *La Guerre, yes Sir!*. Il y avait là, dans ce titre choc, les confuses promesses d'une agression à brève échéance, susceptibles d'attirer alors un grand nombre de Québécois.[64]

When in 1981 Stanké published the three novels in its collection *Québec 10/10*, Carrier provided the collective title *La Trilogie de l'âge sombre*. Images of darkness and night are what Carrier has often used to sum up pre-1960s Quebec. Of the genesis of *La Guerre, yes sir!* he has written: 'J'ai décidé de descendre dans cette nuit du Québec, de mettre en paroles ce que j'appelle l'épopée silencieuse'.[65] In fact he went on to talk of the three novels being a triptych representing 'trois nuits du Québec', of which the panels are *Amour* (*Floralie, où es-tu?*), *Mort* (*La Guerre, yes sir!*), *Travail* (*Il est par là, le soleil*). At the same time he dreamed of striking out at 'tous les sorciers, les faux prophètes qui entretenaient une nuit épaisse sur mon pays'.[66] Temporal references further underline these images. Talking of the last novel, Carrier says of Philibert: 'il sort du moyen âge',[67] and he has called his trilogy a depiction of 'The Middle Ages of Quebec'.[68] To this one could add that on being introduced to *Candide*, Carrier suddenly saw Quebec through the prism of the eighteenth-century *conte*: 'Surtout je découvrais avec Voltaire tout ce qui empoisonnait la vie au Québec. Mon pays m'apparaissait comme un pays du XVIIIe siècle et Voltaire était le grand frère m'indiquant la voie à suivre'.[69] *Moyen Age* and *XVIIIe siècle*, like *âge sombre*, are here used to sum up all that Carrier felt was archaic and backward about Quebec.

From this descent into 'cette nuit du Québec', through the exaggeration, the fantastic, and the grotesqueness of *La Guerre, yes sir!,* just what image of Quebec's dark years emerges? Certainly, life appears to be hard. It is winter, and the snowbound village, its roads impassable, seems linked to the outside world only by the railway still at some distance from the village. Cut off physically by the snow from the rest of the world, the inhabitants live a life circumscribed by their daily battle for survival. Few have travelled anywhere; most have never seen one of their English-speaking compatriots. Geographical knowledge seems limited, England being a vague place 'au bout du monde' (p. 4), its flag not recognised as the flag of their own country. The latter episode leads to the sergeant pitying 'ces *French Canadians* ignorants' (p. 26). Their isolation has left them unworldly, homespun, and inward-looking. Lives are spent simply trying to make ends meet. As the women gaze on Molly, they are reminded of how they used to look 'avant les enfants, avant les nuits blanches, avant les bourrades de leurs hommes, avant ces hivers chaque fois plus interminables' (p. 47 ).

*(a) The Church:*

Carrier firmly places the blame for how these people are with the Roman Catholic Church in Quebec, for the Church has not wanted them to change or progress. It was that fateful reading of *Candide* which focussed criticism for the twelve-year-old Carrier:

> Je crois que c'est au moment de la lecture de Voltaire que j'ai pris conscience, non pas d'une façon politique mais personnelle, de la présence de l'Eglise et de sa trop grande importance dans le pays[70].

The Quebec Carrier grew up in was a Quebec dominated by the Roman Catholic Church, with which Carrier had himself clashed as a boy, having been expelled from school for having read Zola's *Le Rêve* and Proust's *Du côté de chez Swann.* Obscurantist, the Church was also a proscriptive institution constantly telling people what they should not do, warning them against the evils of cities, or the English, or Protestants, or moving away, or doing anything to change the age-old way of doing things. Prejudices were to remain confirmed, prohibitions to remain in force, questioning to be frowned upon. Controlling through fear, the Church emphasised transgression, punishment, damnation. The God that Arsène has been taught to believe in is a god of wrath who will send storms and foot-and-mouth disease to punish Philibert's supposed blasphemy. Bérubé is unable to have sex with Molly, his mind filled with images of hellfire and serpents even at the thought of being naked with a woman. Marriage, of course, legitimises such sinful desire. From childhood, therefore, the population is conditioned by a religion which oppresses through images of death and punishment. Of the two representatives of the Church Carrier provides us with in the novel, neither is a source of comfort or hope, or a force of life. Esmalda's appearance at the window is accompanied by a blast of cold air, her smile is thin, her teeth sharp and decayed. Indeed, Northey sees her appearance as suggesting that 'submission to the Church's dictates results in a withering of humanity' (p. 80). Her pronouncements would seem to undermine the belief in the power of prayer so evident amongst the villagers gathered in the Corriveau house:

> Tous ensemble, les hommes peuvent damner une âme,...tous ensemble, ils ne peuvent sauver une âme damnée. ...tous ensemble, les hommes ne peuvent faire admettre l'un des leurs dans le royaume du Père. (p. 42)

Her emphasis on sin and grace and being chosen by God has a tinge of Jansenist predestination about it which can offer little comfort. Likewise in the curé's homily at Corriveau's funeral, the emphasis is on God as judge, on damnation, on the fires of hell, enlivened by images of snakes and scorpions and flames and threats of leprosy. To drive home his point further to his flock, the curé even turns Christ into a figure which might rain hellfire down upon them. Bond has pointed out that when the *De Profundis* is mangled by Bérubé as 'Au fond, tu m'abîmes, Seigneur' (p. 64), in 'a truly Freudian slip of the tongue' his 'garbled prayer hits on the truth'.[71]

There is nevertheless a discrepancy between how the villagers are meant to behave and how they do behave, what the people are meant to think and what they do think. The revelling at the wake proves that for them life is more important than death. Gorging themselves on *tourtières*, swilling them down with gallons of cider, telling jokes, appreciatively eyeing up members of the opposite sex, the villagers feel happy to be alive. Faith remains a central part of their lives, but they are more indulgent and ultimately more humane than their spiritual leaders. Although their belief may be mixed with superstition and folklore, they do believe in the power of prayer to save one of their own. Despite teachings which seem to stress the inefficacy of prayer to save, 'ces gens ne doutaient pas que leur prière serait comprise' (p. 37). They therefore pray that Corriveau's purgatorial torments will be of short duration. Despite images of hellfire having been drummed into them, they do not really believe that many merit eternal damnation, certainly not one of their own. Despite sermons which dwell upon the fundamental depravity of human nature, their belief is that, at least in this village, 'les gens sont bons malgré leurs faiblesses' (p. 38). Amongst themselves, therefore, the villagers are able to assert beliefs contrary to those of their elites.

Another way – more typical of men than of women – to proclaim one's independence or at least one's rebellion from the norm is that of swearing. To give vent to frustration, Corriveau's mother may turn to further prayer but his father goes off to the barn to swear. For the men we see here, there is faith, there is belief, there is acceptance of clerical authority, but swearing represents a release valve for all of the pent-up frustrations and inhibitions caused by the constraints imposed in the name of Christ by the Church. Blaspheming is thus an act of defiance, a small linguistic revenge of the ordinary people on their elites.[72] Bond has written:

> The veritable litanies of blasphemy which flow from the lips of Carrier's characters can be seen as a revolt both against the kind of God their religion forces on them, and against any God.[73]

Carrier has drawn an analogy between such swearing on the part of his characters and what French-Canadian writers in the 1960s were doing:

> Les écrivains québécois ont fait la critique d'*hier*. Tous nous avions beaucoup à dire. Tous nous avons «sacré» en nous libérant de ce poids de contraintes.[74]

In his preface to *Le Guide raisonné des jurons*, Lacroix has declared: 'le blasphème devient ... un rite d'autonomie et de libération'.[75] For young men, swearing is a sign of breaking free from parental restraints and thus a rite of passage to adulthood. On hearing Philibert swear, Anthyme can say to his son: 'Maintenant tu es un homme. Tu sais parler comme un homme' (p. 69). Carrier has said that he included so much swearing in the novel 'parce qu'il m'apparaît comme la première affirmation d'une conscience individuelle'.[76]

*(b) 'The War Within':*

Despite the sense of community shown by everyone gathering together for the wake, conflict characterises many of the relationships in the novel. Amongst the male characters: Henri is at loggerheads with Arthur; Pit and Jos end up brawling; Bérubé humiliates Arsène spectacularly. Between men and women: Henri punches Amélie; Molly strikes Bérubé; Bérubé strikes Molly. Between fathers and sons: Arsène kicks Philibert up the backside moving the young man to tears; Anthyme had finally put out of the house the wayward son who has now arrived back in a coffin. Through his tears Philibert asks himself: 'Etait-ce donc cela, la vie?' (p. 10). Violence, therefore, whether in action or in language is characteristic of life in this society. Indeed, the novel begins with an act of grotesque and bloody violence as Joseph cuts off his hand. Blood and snow thus mix for the first time on the opening page, and throughout – from the butchering of the pig for the wake to the bloody mouths and noses, split lips, slashed cheeks and punched faces of any number of characters, from Corriveau's blood-stained shirt to Molly's blood-stained wedding dress – aggression, violence, and cruelty are the hallmarks of this blood-soaked novel. Carrier was himself shocked by the violence he had written into *La Guerre, yes sir!*, admitting:

> Maintenant que ce livre est fait, je m'étonne de l'avoir fait. Parce qu'il contient une violence dans le langage et dans l'action que je n'ai pas moi-même, mais qui nous appartient.[77]

As Northey comments: 'The war beyond the village acts only as a catalyst for the war within' (p. 83). If one takes just the examples of Henri and Bérubé, we see two characters who are at war with themselves. Both are sorry, indeed tragic, figures. Henri is filled with self-hatred: acutely aware of his cowardice in deserting from the army, he lives in the attic in constant fear of being caught, sharing his wife with another man whom he knows she prefers, seeing his children call this interloper *papa*, knowing he is surplus to requirements. A basically good man, he suffers from a feeling of having had little control over his life, an emasculated life now determined by fears which he hates himself for having. Haunted by nightmares and fearing he is going mad, pushed by yet another force beyond his control, he grabs his rifle as he rushes out of the house. Out of fear he shoots the anglophone soldier. He then fears being alone with the corpse, the sounds that the house is making, the Corriveau cat, and out of fear he runs off. Henri's has been a life of having been pushed about, of disappointments, frustrations, and fears.

Bérubé suffers similarly. Craving just a little respect, he is ashamed that his job in the army is to clean the latrines, that he has never seen active service, and that he is therefore not a proper soldier. Frustration and resentment lie behind his humiliation of Arsène, whom he bullies as he bullies his wife. His is a lazy violence, for the easiest thing for him to do is simply to strike out. His mind may still be controlled by his Catholic upbringing, but his body is now controlled by the army. Twice the single word 'Atten...tion!' shouted by the sergeant stops Bérubé in his tracks. The first time is as he takes aim to kick his wife. Frustrated by his sheer powerlessness against the voice of authority, 'il pleurait d'impuissance' (p. 30). The second time is as he is about to join his fellow villagers in fighting the English; abruptly he is turned into a machine which will turn on them. The tragedy is that, by the end, he fits in nowhere. He is hated by the villagers as a traitor for having fought with the English against them, but, as a French Canadian, he is also shunned by the anglophone soldiers now that he has done his duty. Rebuffed and rejected, he seeks solace in drinking and sex. As he takes his wife, the narration states 'il haïssait' (p. 64), a general unfocussed hatred of everything that has gone wrong in his life, of the way he has been treated, of the way he has been used. The critic Renald Bérubé has commented on the two characters:

> Si Henri, séquestré, apparaît comme une image fidèle du villageois face aux forces trop grandes qui le dominent et auxquelles il comprend en somme assez peu de choses, c'est dans la personne de Bérubé, dans ses contradictions et dans ses exagérations, que le dilemme du Canadien français de l'époque est le mieux défini.[78]

Much of the violence springs from feelings of insecurity or inferiority or lack of self-respect on the part of most of the characters. Unable to take shots at the real sources of discontent, the feelings of resentment are internalised within the community, so that outlets for aggression or revenge have to be found within the community itself. Such a community is on a course of self-destruction. It is not surprising that young men like Corriveau and Philibert want to leave as soon as they can. The picture of life in Quebec the novel presents is therefore totally contrary to the idyllic view of rural life which the traditional ideologies sought to present, but it is of its time.

*(c) Les Anglais:*

Green entitled his review of the novel 'Quebec's Two Enemies', which he singled out as being the Church and the English. In a way they are similar in both being omnipresent and omnipotent powers in the lives of French Canadians at the time. Although this francophone community is isolated and far from urban centres, they are aware of being a minority in a country dominated by English speakers on a continent dominated by English speakers. Carrier himself remembers in summer the large cars of the bosses trailing long boats behind them arriving to fish at private country clubs near his village. He adds in retrospect 'J'imagine que c'étaient des Américains mais pour nous c'étaient des Anglais'.[79] Philibert may never have seen an English Canadian, but he will be aware at least of the commercial prowess of this ethnic group through daily contact with the kind of products unloaded at the railway station. Essentially this is a community which has well learned its post-Conquest lessons. Living inconspicuously, keeping their heads down, they have not drawn attention to themselves, but have simply got on with being themselves in the hope that they will be left alone. And for the most part, this is what has happened. Come a world war, however, the hand of the federal government is suddenly felt, reaching into even the most far-flung communities, English as well as French, expecting full patriotic support of the war effort. The facts concerning the actual Canadian conscription crisis are irrelevant to the novel; what is important is the feeling that the federal, i.e. 'English', government was using young French-Canadian men to fight its battles. Whether Corriveau left because he was thrown out by his father, whether he was happy to leave the village, or whether he signed up of his own accord is of no account, for in his parents' mind is firmly rooted the thought that their son has been snatched from them, sent overseas to be killed, and returned to them in a box. They see him and themselves as victims of higher powers, and those higher powers are *anglais*.

Now, despite the exaggeration, the novel presents a view of French/English relations which does nevertheless allow nuances. It must be pointed out, for example, that the soldiers are actually slow to react to the events of the wake. For much of the time the sergeant is willing to look the other way, with a smile; Bérubé is even allowed a free hand in his bullying until on the point of kicking Molly. For much of the time the soldiers are described as displaying 'aucune réaction, aucun mouvement' (p. 47). When finally ordered to empty the house of the revellers, they do not lay a hand on the villagers but rather throw their clothes out into the snow, 'inviting' the villagers to go out and get them. Violence is their last resort: when the villagers mount their counter-attack, it is mentioned that the soldiers get up 'poliment' (p. 62) and initially do not defend themselves. It is only when the order is given that they begin to fight in earnest. On the part of the French, despite a certain wariness about the English, they are generally open and welcoming to their visitors, from the station-master's attempt to engage the soldiers in conversation to the Corriveau parents with their *tourtières* and cider. Mère Corriveau reassures the soldiers: 'On ne vous veut pas de mal.... On vous aime bien' (p. 48); even once they have imposed peace and quiet by evacuating the house, they are still fed by Corriveau's parents 'comme s'ils avaient été des fils du village' (p. 59). And, of course, the dead English-Canadian soldier is treated no differently from the dead French-Canadian one.

Nevertheless, their prejudices about the other ingrained over two centuries, both French and English are ready for their preconceptions to be lived up to. For example, there may be any number of reasons why the soldiers left the door open at the station: youthful forgetfulness, or preoccupation with manhandling the coffin, but the sheer fact that they did is taken by the initially well-meaning station master as proof of anglophone arrogance. So much so that this episode leads into the set piece on *les gros* and *les petits*. The situation is a tinder-box. A gesture one does not appreciate, a look one misconstrues can lead to muttering under one's breath: 'maudits Anglais' or 'ces *French Canadians indeed*'. What *La Guerre, yes sir!* posits is that the two founding nationalities are separated by different cultures, different attitudes, different ways of doing things. To the soldiers, the lively over-indulgence of the French Canadians only confirms their prejudices; to the Corriveau parents, the Anglophones are seen to be suspiciously abstemious in eating, drinking, and talking. The prime example of such variance is the different way that Francophone and Anglophone choose to observe death. On the one hand, for the French, a wake must be held to celebrate being alive in the face of death and demanding, therefore, indulgence in all that makes life pleasurable: food, drink, company, laughter. On the other hand, for the English, death requires a sustained tone of sympathetic sadness, a hushed respect for the dead, and a quiet support of the bereaved, indeed an emphasis which is much more on death than on life. In front of the cavorting French, the soldiers may restrain themselves for much of the night, but their facial expressions betray early on how distasteful they find the French antics. In putting the villagers out of the Corriveau house, the soldiers seek to impose their view of how to pay one's respects. The humiliation felt by the French Canadians is described as like 'une blessure physique' (p. 54). In his review of the novel Ludwig wrote of it offering 'all the dramas of our history...reenacted in miniature'. Thus Joseph rallies the villagers against their oppressors, as if trying to redress 1759: 'Les maudits Anglais nous ont tout pris mais ils n'auront pas notre Corriveau. Ils n'auront pas la dernière nuit de Corriveau' (p. 58).

Paula Kamenish has called *La Guerre, yes sir!* 'essentially a novel of decolonization'.[80] From the beginning there is certainly a 'them and us' mentality.'Leur maudite guerre' (p. 3) is seen as something imposed upon French Canadians by higher and greater English-Canadian powers. As the man at the station says after the incident of the door being left open: 'La vie ...n'est pas autre chose que cela: il y a les gros et les petits....Il y a les Anglais et il y a nous: toi, Corriveau, moi, tout le monde du village...' (p. 14). The powerlessness of the villagers – born of generations of their ancestors having been taught to accept the fact that, as a conquered people, their survival depended upon meek submission to their colonial masters – is shown by Anthyme Corriveau's reply to his wife's demand that he throw 'ces maudits Anglais' out of the house: 'la mère, on ne peut rien faire'. And the truth sinks in:

> Son mari lui avait rappelé la plus évidente vérité: «Nous ne pouvons rien faire», avait dit Anthyme. Toute une vie leur avait appris qu'ils ne pouvaient rien faire...' (p. 27)

Joseph's attack fails; the villagers are defeated; 'l'on pleurait d'impuissance' (p. 63). There is thus a feeling of helplessness in the face of far greater forces and of resignation to this as the way of the world or at least the way of their world. For 200 years things have gone on as they have not just because of their masters, but also because of their own complicity in a system which oppressed them. Their weakness and acquiescence are not only a source of low feelings of self-worth but also give rise to a sense of shame. The violence of the novel can thus be viewed as the eruption of feelings of long repressed rebellion. But even before the attack on the soldiers, the villagers have been turning on each other. With no outlet against their oppressors, they displace their anger on substitute targets. Bérubé turns on Arsène because he cannot strike out at the sergeant, the other soldiers, the army in general, all of which are the real sources of his anger and frustration. In Joseph's case, self-mutilation constitutes a similar displacement of aggression. *La Guerre, yes sir!* begins with an act of bloody violence; by the end, through another bloodily violent act, another Canadian soldier is dead, an English Canadian this time: a synecdochic sacrifice representing all 'maudits Anglais', all the 'gros' who oppress. In losing one of their own, both communities are momentarily equal in death. The two soldiers lie side by side, prayed for by representatives of their respective communities. Catharsis has only been made possible by both communities now having made a blood sacrifice. The novel comes full circle as another soldier is carried off through the snow, which has once again been bloodied.

Yet the English are not portrayed as ogres. They are six young men and a sergeant, and as they trudge through the snow at the beginning of the book they are tired and hungry and homesick, and actually looking forward to reaching the village. Despite whatever barriers history might throw up between the two communities, French and English are initially quite well disposed towards each other. They make concessions, they take steps towards the other, but they are ultimately foiled by being unable to communicate. That is a Canadian tragedy. The soldiers are unable to understand where to put the coffin, because they cannot understand what is being said: '...c'était du *French*, mais ils en avaient rarement entendu' (p. 25). In a country the size of Canada, with French speakers a minority not equally dispersed throughout, it is perfectly possible for English speakers at the time that the novel is set never to have had contact with a fellow French-speaking Canadian. Even today, with the country officially bilingual since 1969, and with French compulsory in schools, many English speakers will not have French language skills any better than those of the soldiers in this novel. After all, 'toutes les mondes parlent anglaise' (p. 14). The farce of where to put the coffin is only saved from turning into something grimmer by Molly translating for the soldiers. Immediately a second incident inflames passions, as Mère Corriveau does not recognise the British flag as also being the flag of her own country. Twice the narration states 'si quelqu'un le lui avait dit...', but this time nobody does (p. 25). The mother thus remains oblivious to the fact that this is the flag for which her son died. The sergeant, who is willing to forget the offence, will never realise the misunderstanding and appreciate that no offence was meant. *La Guerre, yes sir!* presents us with a picture of citizens of the same country separated by language. As well-intentioned as they may individually be, without the ability to speak to each other, they are deprived of the means of understanding one another. They are also unable to make their feelings known. After the villagers have been put out of the house, Mère Corriveau wants to give the soldiers a piece of her mind, 'mais elle ne pouvait le leur faire comprendre dans leur langue' (p. 54). The incident rankles, but there is no outlet for her and her husband's grievance. She cannot question the soldiers as to why they have ruined the wake, nor can she explain to them its importance to her and her husband. Another wedge is thus driven between French and English. So much good will has been lost; she thinks to herself: 'Mais les Anglais ont brisé notre soirée. Je m'en souviendrai toute ma vie' (p. 60).

Carrier intentionally exaggerates and distorts as he writes. 'Caricature' was a term used by the first Quebec reviewers, and Hébert can therefore worry about myths being perpetuated and English Canadians lapping up the stereotypes of French Canadians. Carrier plays on stereotypes of the English as well as the French. His compatriots may seem to have stepped out of a Krieghoff painting, but it is also unlikely that any contingent of seven English-Canadian soldiers would be exclusively white Anglo-Saxon Protestants, as these appear to be.[81] Nepveu would undoubtedly have fewer worries, believing that 'tout est trop accusé dans ces oppositions pour qu'on ne les lise pas dans leur dynamisme carnavalesque'.[82] Moreover, it is in the grotesque stereotypes that much of the humour lies; and yet Carrier affirms that therein also lie the truths he has to offer, for let us not forget the seriousness of his purpose. As he has said: 'It's important that we know our past; it helps us to understand the present. ...I am trying to understand, to know what happened to our people.[83]

*(d) Failure:*

During the three days that the novel spans, we glimpse what Quebec was like during its dark years. Its people kept ignorant and childlike, at the mercy of higher authorities, of *les gros*, they are haunted by feelings of powerlessness, humiliation, and helplessness. In conversation, Carrier has mentioned that he intended the play version to be a tragedy. Asked whether he felt the same way about the novel, he replied yes, and went on to list the characters he felt were condemned to failure, sparing only Père and

Mère Corriveau. Carrier went on to sum up the tragedy of so many of the characters:

> 'They were reasonably intelligent, but life did not give them the opportunity of exploiting that intelligence, that force they had, so everybody is really condemned to be nothing and to live nothing. That's sad'.[84]

While writing the third volume of the trilogy, Carrier was still preoccupied with 'la fascination de l'échec que, comme Québécois, nous pouvons avoir'.[85] Atwood would herself see an obsession with failure or being a victim as typically Canadian. From her investigations into both English- and French-Canadian literature, she notes 'a superabundance of victims in Canadian literature' and concludes that an obsession with failure is characteristic of Canadian writing as a whole: '... stick a pin in Canadian literature at random, and nine times out of ten you'll hit a victim' (p. 39).

Kamenish has written: 'The Corriveau home, isolated from the world by fields of snow, becomes a microcosm of the Province of Quebec' (p. 97), and one of the first reviewers of the novel described it as offering a 'panorama sociologique'.[86] However, a panorama which gives rise to descriptions like the following: 'petit univers de petites gens vivant de crainte, de mythes, d'espoirs et de fêtes tribales, attendant quelque chose – n'importe quoi', is one that official culture would refuse to recognise.[87] It is also one that Hébert would criticise for purveying 'des clichés séculaires en ce qui a trait à la société et à la civilisation canadiennes-françaises'.[88] At the time of the play version, Carrier referred back to the original novel as 'ce petit roman qui est et n'est pas le Québec'.[89] Carrier distorts but in order to destroy another distorted vision, that of the rural idyll, which the official world sought to perpetuate for its own ends. Nevertheless, he said that he also set out to write about 'l'épopée silencieuse',[90] and the novel does bear witness to the quiet, dogged, day-to-day epic of survival of the Quebec people. Despite the internecine violence, *La Guerre, yes sir!* constitutes a celebration of fortitude, of perseverance against the odds, of community.

*(e) Réalités universelles:*

In choosing to write about a small Quebec village rather like the one he grew up in, Carrier has declared:

> Ça me permet de mettre en scène des personnages que je connais bien,...ça me permet, les connaissant, connaissant leur langage de paroles, leur langage de gestes aussi, de pénétrer des réalités qui dépassent ce milieu-là, des réalités qui me paraissent universelles.'[91]

In 1982 the magazine *Maclean's* entitled its interview with Carrier 'A vision that transcends borders',[92] and this certainly was the case when the play version of the novel toured Europe in 1971. Whether in Belgium, or Switzerland, or Czechoslovakia, Carrier has recalled that the same thread ran through all the reviews: 'that the play was Québécois, but it was also Belgian, or Swiss, or Czechoslovakian'.[93] What he discovered was that audiences were fixing on the theme of living as a minority in the face of a majority. One of the most important discoveries he thus made was 'that the only way of being international is to be very national' (p. 18). Latin Americans have identified with themes of colonialism and dehumanisation.[94] On the one hand, the novel's central problem has been seen not as a parochial one but one which countries of the Third World generally face: 'how to cross over Jordan from a tribal and rural state to that of an urban and industrial one'.[95] On the other hand, the novel has been interpreted as a warning against 'modern technological society stamping out indigenous cultural mores and desires'.[96] But beyond such specifics there are more essential truths. As Fournier has commented on Carrier's fiction as a whole:

> C'est la volonté de l'auteur de redonner à l'homme sa dignité, son authenticité: à l'homme d'ici, mais aussi à l'homme d'ailleurs auquel l'homme d'ici participe. ...Qu'il s'agisse de l'homme québécois ou de l'homme universel, Roch Carrier veut dénoncer tout ce qui blesse, tout ce qui détruit l'individu.[97]

It must be pointed out, however, that in *La Guerre, yes sir!* Carrier also serves up a joyous celebration of being alive. Yes, being human is an absurd thing to be, but it is glorious to to be able to eat and drink, to enjoy the company of one's fellow human beings, to talk and laugh and cry, to make love, to revel in all the things that make us distinctly human. While life may be difficult, the novel's characters do grab fleeting moments of happiness. Despite the problems Henri and Amélie have as a couple, in making love 'un instant, sans qu'ils osent se l'avouer, ils s'aimèrent' (p. 24); despite the problems Bérubé and Molly have, in making love 'ils furent un instant heureux' (p. 30). In the first case Corriveau's coffin has just passed, in the second they are in Corriveau's bed. Life and death, as the two truths of every human existence, are constantly juxtaposed throughout *La Guerre, yes sir!*. As they contemplate the loss of their son, the Corriveau parents reflect: 'Les chemins de toutes les vies...passent devant des cercueils' (p. 60). Such a moment proves that not everything in the novel is played on the grotesque register. Molly is also given a reflective moment as she thinks back on all the happiness she has both had and provided by making love to the young soldiers before they went off to war (p. 47). It is at such moments as well that one feels in the presence of *réalités universelles*. Once again *La Guerre, yes sir!* fits into Atwood's view of Canadian literature in general: although the tone of Canadian literature is 'undeniably sombre and negative', one can still find 'moments of affirmation that neither deny the negative ground nor succumb to it' (p. 245).

Nor are such realities hermetically sealed into the past. As Carrier has pointed out, other writers of the time were also laying ghosts and clearing the ground in order better to divine the future:

> Au Québec les auteurs qui ont mon âge et qui ont publié leurs livres en même temps que moi depuis 1965, tous ont eu la même réaction de se retourner vers un passé non pas pour en faire l'éloge mais plutôt pour en faire la critique, puis, sur cette critique, s'appuyer pour faire un commentaire du présent et peut-être prévoir l'avenir.[98]

**(iv) The Carnivalesque and the Future**

In *La Guerre, yes sir!*, the depiction of life during Quebec's dark years is sombre, but a distinction needs to be made between content and form because the overwhelming impression which the novel creates is far from bleak. The lively, unfettered language, the larger-than-life characters, the comic and exaggerated actions soon had at least one reviewer commenting: 'tout cela est aussi très rabelaisien'.[99] No one was as yet mentioning Bakhtin and his theories of the carnivalesque, because his seminal work *Rabelais and His World*, which had been published in Russian in 1965, was only translated into English in 1968 and would not come out in French until 1970. Nevertheless, a carnivalesque perception of the world has been typical of many French-Canadian authors writing since the early 1960s. Belleau has pointed out the irony:

> Le paradoxe, c'est que la carnavalisation ne semble pas avoir commencé avant la fin des années cinquante, alors que la vie traditionnelle inséparable des conduites carnavalesques (charivaris, Mardis gras, veillées aux morts) était déjà disparue.[100]

Carnivalised writing is characteristic of several of the novels appearing around the time of *La Guerre, yes sir!* like *Une saison dans la vie d'Emmanuel* and *Salut Galarneau!*. Moreover, it was declared at a conference on Bakhtin in Toronto in 1982: 'Indeed the concept of the carnivalesque seems to be a Bakhtinian scheme of interpretation most appropriate to a reading of the Quebec novel'.[101]

For our purposes, limiting ourselves to comparisons with the carnival spirit as defined in *Rabelais and His World*, Carrier finds himself in an historical situation which resembles that of Rabelais. Both found themselves on the cusp between two worlds. Living between 1483 and 1553, Rabelais set out to satirise the medieval past and also to celebrate the new humanist world of the Renaissance. Writing from the perspective of the brave new world bequeathed to Quebec by Lesage's Quiet Revolution, Carrier looks back and condemns the Middle Ages of Quebec. According to Bakhtin, Rabelais' basic goal was to destroy the official picture of events. He strove to take a new look at them, to interpret the tragedy or comedy they represented from the point of view of the laughing chorus of the market-place. He summoned all the resources of sober popular imagery in order to break up official lies and the narrow seriousness dictated by the ruling classes.[102]

Carnival is revolutionary in celebrating the destruction of old worlds and the birth of new. As such, it is entirely appropriate that Carrier should take the carnival spirit so fully into his writing. Nor does one need to sacrifice Voltaire to Rabelais in these comparisons, for Bakhtin points out that Voltaire himself used the carnival-grotesque form to achieve aims of liberating 'from the prevailing point of view of the world, from conventions and established truths, from clichés, from all that is humdrum and universally accepted' (p. 34). Indeed, on the first page of *Rabelais and His World*, Bakhtin mentions that Belinski called Rabelais 'the sixteenth-century Voltaire'. But Lemay has seen further essential links between Carrier and Rabelais in 'la recherche constante d'un humanisme vrai, dénué de fatras philosophique ou de servitudes ecclésiales'. For him, the central character of Carrier's trilogy is 'l'Homme, secouant le joug de ses tabous religieux, pour retrouver, en accord avec ses instincts vitaux, sa liberté d'homme et un sens humain à sa vie'.[103] As Belleau has written: 'Seule la littérature sérieuse est carnavalisée' (p. 62).

For Bakhtin the Middle Ages knew a duality of cultures. On the one hand there was the official culture of the Church and the State and on the other hand there developed a culture of the people which was allowed to express itself on feastdays and holy days, at festivals and carnival, free from the prohibitions and limitations imposed in daily life by higher authorities. Carrier's theme of *les gros* and *les petits* corresponds to Bakhtinian ideas of official *versus* unofficial culture. In *La Guerre, yes sir!* Esmalda, the priest and the soldiers, as representatives of the Church and the government, incarnate official culture. They come across as serious, high-minded and humourless. Esmalda is not allowed by her order to enter the house; she refuses warmth and food; she smiles 'un sourire mince' (p. 42); a cold wind blows into the house as the window is prised open. The soldiers likewise refuse to participate in the wake, and, of course, eventually put an end to the merriment by ejecting the revellers. Silence falls on the house, and as the soldiers do finally eat, they do not feast like the villagers. Rather, the Corriveau parents notice disapprovingly that 'les Anglais mangeaient peu. Ils parlaient peu. Ils buvaient peu. ... Ils ne riaient pas'. Like Esmalda they offer only 'un sourire avare' (p. 59). Significantly, the priest does not attend the wake, and in his homily at the funeral he supports the government line in his praise of 'le très noble métier des armes', picturing Corriveau as having died 'saintement en faisant la guerre aux Allemands' (p. 67). Whether on a local, provincial, or federal level, whether Church or State, whether French or English, the higher powers that rule one's life unite to control. The representatives of official ideologies show themselves to be authoritarian, narrow-minded, intolerant, and inflexible guardians of the status quo. Locked into immovable hierarchies, both Esmalda and the soldiers follow the nun's refrain of 'Je dois obéir' (p. 41).[104] Indeed, Bakhtin's summing up of medieval culture has resonances for the 'medieval' Quebec depicted in *La Guerre, yes sir!*:

> An intolerant, one-sided tone of seriousness is characteristic of official medieval culture. The very contents of medieval ideology – asceticism, somber providentialism, sin, atonement, suffering, as well as the character of the feudal regime, with its oppression and intimidation – all these elements determined this tone of icy petrified seriousness. It was supposedly the only tone fit to express the true, the good, and all that was essential and meaningful. Fear, religious awe, humility, these were the overtones of this seriousness. (p.73)

In the medieval world, therefore, on certain days of the year the people were allowed 'a temporary liberation from the prevailing truth and from the established order' (p. 10). Normal life was suspended. The carnivalesque wake in *La Guerre, yes sir!* represents such an occasion, permitting the villagers to escape temporarily from the routines of life, to join in community free from quotidian restrictions, to criticise official ways, and to express their own conception of the world. Food and drink are abundant. The cider loosens tongues. Seriousness is banished. People banter and tease. Inhibitions are lowered. Language becomes freer. Jokes are *risqué* and so funny that people think they will die of laughter. Women are attracted to men, men are aroused by women. Mock disputes end with friends, bloodied, arms around each other. 'L'on parlait, l'on riait, l'on discutait...l'on mangeait, l'on buvait, l'on était heureux...' (p. 32); in a spirit of universalism, Esmalda and the soldiers are invited to abandon their stuffiness and join in. Amidst the festivities the atmosphere is one of equality, familiarity, and freedom, 'the utopian kingdom' Bakhtin sees as typical of carnival (p. 264).

The grotesque is the essence of carnival and has already been used to describe Carrier's style with its characteristics of exaggeration, excess, and hyperbole. As befits a work of grotesque realism, *La Guerre, yes sir!* revels in the grotesque body with its emphasis on the protruberances, excrescences, convexities, and orifices of the human body. Mouths are stuffed, breasts are admired, buttocks are fondled, the soldiers' genitals are fingered. What Bakhtin calls 'the acts of the bodily drama' (p. 317) are all played out. Throughout *La Guerre, yes sir!* there totters a carnivalesque parade of devouring bodies, drinking bodies, sweating, bleeding, and dismembered bodies, copulating and defecating bodies, bodies reaching out to others, penetrating others, interacting tenderly and violently with others. In contrast to the liveliness of the villagers, the immobility of the soldiers standing at attention beside the coffin is seen as inhuman. Representatives of the official world may appear to exist in immaterial realms where one does not even sweat, but Carrier's villagers, unashamed of their materiality, do not shrink from their bodily nature, which for all of us, whether we are willing to acknowledge it or not, is closely related to the life of the earth. The downward movement common to grotesque realism and to the popular-festive generally is equally characteristic of *La Guerre, yes sir!*. Death, burial, and the grave all carry our thoughts downward to the earth. The very way Corriveau died brings down to earth the high-flown sentiments of the priest. As regards the revellers themselves, eating, swallowing, and drinking are acts which send sustenance into the depths of the human body, while curses, abuses, blows, and beatings all have as their aim to bring people low. Bakhtin has said:

> Debasement is the fundamental artistic principle of grotesque realism: all that is sacred and exalted is rethought on the level of the material bodily stratum or else combined and mixed with its images . (p. 370)

Debasement is certainly at the source of Bérubé's humiliation of Arsène in an action reminiscent of carnival uncrownings with its abusive dressing up, and mocking, and thrashing. The travestied prayers and the flag used as a tablecloth, on which plates are piled up and cider is spilt, bring down the 'sacred and exalted' worlds of the Church and the government in an atmosphere in which things are turned upside down, inside out, or top to bottom.

Yet the truly grotesque image is ambivalent, containing within itself both negative and positive poles. As Nepveu has stated:

> Ce serait bien mal comprendre le roman que d'y voir une pure vision pessimiste de la société villageoise du Québec repliée sur soi. Ce serait ignorer l'ambivalence du grotesque qui, inefficace dans l'Histoire, est aussi triomphe sur l'Histoire. (p. 58)

The downward thrust of the grotesque does serve to deflate seriousness and highmindedness by showing how everything is linked in the end to the earth, but the earth is also a living thing, constantly growing, bearing fruit, giving birth, producing life, the old giving way to the new. Carrier works positively as well as negatively. Bodily eliminations are not meant to exist in polite society, where official culture dictates that such things are not talked about. In folk culture, however, references are rife to the more grotesque aspects of the bodily drama. In *La Guerre, yes sir!* Bérubé cleans army latrines, and the text does not shrink from references to urination and defecation. The circumstances of Corriveau's death involve, to borrow a Bakhtinian phrase, 'a literal debasement in terms of the topography of the body' (p. 148), but there is ambivalence here since the lower stratum is also the area of the genital organs and thus connected to fertility, birth, and renewal. As Bakhtin comments: 'The living body returns to the earth its excrement, which fertilizes the earth as does the body of the dead' (p. 175). Other bodily eliminations can be viewed positively as well: as Mère Corriveau toils away in the overheated kitchen, both tears and sweat run down her face, over her breasts, and into the dough which will be used to make yet more *tourtières* to be devoured by the villagers: tears and sweat thus recycled to give sustenance, to keep people alive and growing. Amélie and Henri making love as Corriveau's coffin passes, or Bérubé and Molly making love in Corriveau's bed are other episodes ambivalent in their juxtaposition of death and life. Grotesque realism in its interest in the lower bodily stratum is thus also concerned with the life-giving aspects of being human such as copulation, conception, pregnancy, and birth.

Coming together at the Corriveau house, crowding into the kitchen, jostling each other by the coffin, the villagers are also aware of themselves as a community and as a collectivity which has survived. Corriveau is looked upon as 'le fils de tout le village' and Mère Corriveau draws comfort from the communal solidarity:

> Même quand il arrive un malheur dans le village, nous aimons nous retrouver ensemble, nous nous partageons le malheur, alors il est moins gros. Tous ensemble, nous sommes plus forts. Alors les malheurs nous affectent moins (p. 60)

Just as carnival crowds share an historic awareness that they have existed for thousands of years, so part of the villagers' consciousness is that the French have survived in this place, as inhospitable as it may be, since the first explorers set foot in the New World. Mère Corriveau's prayer for the dead has been passed down from her mother and from her mother before her. A statement of Bakhtin on carnival people could be applied to the French Canadians in the novel:

> The heart of the matter is not in the subjective awareness but in the collective consciousness of their eternity, of their earthly, historic immortality as a people, and of their continual renewal and growth. (p. 250)

It is in the interests of official culture that the people believe that they already live in the best of all possible worlds, and that things therefore should remain the same. But this is not what life is about, whether the life of the earth or the life of human beings. There is often desire for change, a need for change, and things do change. A typical toast like 'Here's to the future' bears witness to the fact that festive occasions of any type look to better days in the future. Carrier, like Rabelais, is acutely aware of having passed from one epoch and its way of life and modes of thought to another. He looks back to a time when things still remained fixed but were already beginning to change. Although he points out what was wrong with that society, there is also the hope that things are going to change eventually for the better. A passage from Bakhtin such as the following has resonances for the situation of Quebec as it was when Carrier was growing up in the 1950s and as it changed in the 1960s:

> At the time of Rabelais the hierarchical world of the Middle Ages was crumbling. The narrow, vertical, extratemporal model of the world, with its absolute top and bottom, its system of ascents and descents, was in the process of reconstruction. A new model was being constructed in which the leading role was transferred to the horizontal lines, to the movement forward in real space and in historic time. Philosophy, scientific knowledge, human practice and art, as well as literature, all worked on this new model. (p. 403)

Bakhtin draws a distinction between the vertical line which represents the soul's ascent to heaven and the horizontal line which is the movement of humanity forward through real space and time. Again, the world of officialdom would tend toward the stasis represented by the vertical, while unofficial culture is champing at the bit to move on and grow and change.

The situation of Quebec, as depicted in the novel, is again echoed in a statement like the following:

> Mankind is incessantly progressing historically and culturally, and thanks to this progress, the youth of each new generation attains a higher degree of cultural development. This is not the youth of an animal, which simply repeats the pattern of the preceding generations; it is the growth of historic man. (p. 406)

In *La Guerre, yes sir!* one feels that it is this ability to progress and grow which the French Canadians have been deprived of. In its emphasis on vertical ascent, the Church for example has indeed been preaching a simple repetition of the pattern of preceding generations. But, as Bakhtin points out, 'man's improvement is attained not by the rise of the individual soul toward the hierarchical higher spheres but by man's historical development' (p. 407), and the villagers have never been encouraged to develop. Those who do crave more have to leave rural Quebec as Corriveau did and as Philibert does at the end of the novel.

As the cortège departs, one has seen the first steps in the transformation of such a community in a perceptible move from innocence to experience, from ignorance to knowledge. Even before the soldiers arrive, the war has penetrated the village and disrupted life, forcing people to take stock, to think about things they would not have thought about, to make decisions they would not have had to make, to take actions they would not otherwise have been called upon to take. Corriveau, Bérubé, Joseph, Henri, and Arthur have all had to react to the prospect of going to war, and each has reacted differently. To a people turned in on themselves the arrival of English-speaking soldiers exposes them for better or for worse to a world outside the claustrophobic confines of their village. Despite all that has happened, Anthyme Corriveau can exclaim on seeing the soldiers on their knees praying for their fallen comrade, 'Vieille pipe du Christ,...ces maudits protestants savent prier aussi bien que les Canadiens français!' (p. 65). Eyes have been opened, different lives have been glimpsed. Perhaps there is not just one sole truth. A chink is made in the monolithic facade of official values. Another young man decides to leave. Northey has written: 'What one senses in the grotesque distortions and inversions of dying values is the presence of change as much as of destruction; it is less a story of death than of metamorphosis'. Reminding us of the historical continuum that links the Middle Ages to the Renaissance, she concludes: 'In this sense, then, the wooden box carrying the body of Corriveau and by implication the whole of Quebec society is less a coffin than a cocoon' (pp. 86-7).

**(v) Conclusion:**

On finishing *La Guerre, yes sir!* Carrier felt that there was yet more that he needed to understand about being a French Canadian. He continued to examine Quebec's not so distant past in *Floralie, où es-tu?* and *Il est par là, le soleil,* exploring the lives of characters introduced in the first novel. Nevertheless, the final novel still ends on a note of ambiguity. Although Carrier had wanted to end the trilogy happily, he could not bring himself to. Failure was still too much part of the *québécois* psyche. As he said at the time, 'il n'existe pas, ici, de livres de réussite'.[105] Nevertheless, Joyaux can see the positive side to the whole trilogy: 'Carrier's diggings into Quebec's Dark Years and unveiling of their true nature will make it possible for Quebec to rid itself of its crippling psychological complexes'. Indeed this is 'consistent with the very *raison d'être* of Carrier's literary endeavour: to recapture Quebec's true past so as to assume full responsibility for the making of her future'.[106] On being questioned about the meaning of the title of the final novel, Carrier was thus able to reply: 'Que c'est la mort d'une époque mais que le soleil est toujours là'.[107] In 1970, therefore, *La Trilogie de l'âge sombre* closes with the image of the sun. That sun may still be out of reach, but at least one knows the direction in which to head. As ambivalent and incomplete as the vision of the future may be, Quebec is at least in a state of becoming.

1970 is the year of the publication of *Il est par là, le soleil*, of the translation into English of *La Guerre, yes sir!*, and of the play version. It is also the year of the kidnappings of Cross and Laporte by members of the *Front de libération du Québec*.[108] In the midst of the October Crisis, in a Montreal under martial law, Carrier began an interview about the publication of his new novel by saying: 'Actuellement, le Québec est envahi par l'armée du Canada'.[109] From the beginning, some Québécois had seen a prophetic aspect to *La Guerre, yes sir!* in its depiction of the seemingly inevitable clash between English and French in Canada. It is ironic therefore that it should be *La Guerre, yes sir!*, both as a novel and as a play, which was so welcomed by English Canada.

In 1972 Montreal's *Théâtre du Nouveau Monde* presented in English its production of the play *La Guerre, yes sir!* at Ontario's Stratford Festival. In Toronto the review in *The Globe and Mail* concluded thus:

> Stratford thus gives us another chance to see a kind of theatre that we rarely encounter, which I take to be a concern proper to a festival. When that theatre illustrates a part of our national life that we cannot claim familiarity with, the gift is doubly valuable.[110]

In Montreal a reviewer of the same production commented, after mentioning that some people had found the play 'very shocking' and were getting up a petition to have it taken off:

> Mais, pour le reste, c'est-à-dire pour les réactions générales du public dans la salle, pendant le spectacle, c'est la même chose que pendant les représentations au Québec ou en Europe. Les gens rient aux mêmes points. J'en suis le premier surpris.[111]

Such reactions serve to prove the point that Hébert makes: 'l'oeuvre tout entier de Carrier et, en particulier, «la trilogie de l'âge sombre», ont joué un rôle central pour jeter un pont entre les deux solitudes'.[112]

It is thirty years since *La Guerre, yes sir!* was published. No longer preoccupied by failure, Quebec is now confident in itself and, like the rest of Canada, more secure in its identity. It looks outward to the world, its society is increasingly multi-ethnic, its entertainers and racing drivers, playwrights and theatre and film directors know international fame. Carrier's predictions of violent confrontation between French and English have not materialised, although problems are ongoing. Discussions about distinct societies, separation, and *souveraineté-partenariat* clog the media. During the summer of 1998 the Supreme Court of Canada wrestled with the problem of whether any province of the Canadian confederation had the right to secede. All of this is a world away from an entry in the

*Encyclopedia Canadiana* of forty years ago. With regard to 13 September 1759, it reads:

> The era of French rule in Canada was over. But the French way of life was not lost. The language, religion, customs and laws were spared by the victor; these have survived as strands of beauty, culture and vitality in the tapestry that is the Canadian way of life.[113]

With such idealistic thoughts in one's mind, the title of the former Prime Minister Joe Clark's book on Canada carries a certain wistfulness: *A Nation Too Good To Lose.*[114]

# NOTES TO THE INTRODUCTION

**1.** Desmond Morton, *A Short History of Canada*, 2nd rev. edn (Toronto: McClelland & Stewart, 1994), Part IV, ch. 4.

**2.** Quoted in Jean Hamelin and Jean Provencher, *Brève Histoire du Québec*, 3d edn (Montreal: Boréal, 1987) p. 115.

**3.** On 24 July 1967, while ostensibly paying a state visit to celebrate the centenary of Canadian Confederation, Charles de Gaulle, President of France, made this inflammatory declaration to the crowds from the balcony of Montreal City Hall. The Canadian government loudly protested, a diplomatic incident followed, and de Gaulle returned home sooner than intended.

**4.** One of the saddest episodes in British/French relations in North America would take place between 1755 and 1762, when the British forcibly deported over 11,000 Acadians who refused to take an oath of allegiance which would have required them to fight against France. Families were deliberately divided and shipped to the American colonies. Many eventually made their way to Louisiana, where the name *Acadien* became corrupted to *Cajun*, and where many of their descendants still live. Some attempted to make the long journey back to their homeland. Antonine Maillet's novel of 1979, *Pélagie-la-Charrette*, chronicles the hardships of just such an attempt.

**5.** Mason Wade, *The French Canadians 1760-1967*, rev. edn, 2 vols (Toronto: Macmillan of Canada, 1968), I, 49.

**6.** Morton, p. 31.

**7.** John A. Dickinson and Brian Young, *A Short History of Quebec*, 2nd edn (Toronto: Copp Clark Pitman, 1993) p. 50.

**8.** Wade, I, 49.

**9.** Hamelin and Provencher, p. 42. The Test Oath was the new oath of allegiance to the British crown.

**10.** Léandre Bergeron, *Petit Manuel d'histoire du Québec* (n.p.: Editions Québécoises [1971]) p. 5. The *Petit Manuel*, although polemical and partisan, serves as a good barometer to the spirit of the times in which it was written. Margaret Atwood takes as her premise that Canada as a whole feels that it is a colony and therefore a 'victim, or an "oppressed minority", or "exploited"' (*Survival: A Thematic Guide to Canadian Literature*, [Toronto: Anansi, 1972] p. 35).

**11.** The quest for survival in Canada can take many forms, and Atwood includes all Canadians in what might at first appear to be a uniquely

French-Canadian phenomenon: 'The central symbol for Canada – and this is based on numerous instances of its occurrence in both English and French Canadian literature – is undoubtedly Survival, *la Survivance*' (p. 32). Hence the title of her book.

**12.** Wade, I, 50.

**13.** *Coureurs de bois* was the name given to unlicensed fur trappers and traders who had given up work on the *seigneuries* or in the settlements of the St Lawrence Valley in order to pursue a more adventurous life in the wilderness, often living with the Indians and hoping to make a fortune in the fur trade.

**14.** Dickinson and Young, p. 268.

**15.** Riel was a Métis, i.e. of mixed French and Indian blood, who led two rebellions against the Canadian government (1869-70 and 1884-5) as it pushed westward. He believed that the Métis were in danger of losing their land as it was increasingly surveyed and parcelled up for white English-speaking settlers. For French-Canadians he is seen as a patriot who fought for French rights and has attained the status of a folk hero, celebrated in story and song. Bergeron comments: 'En Riel, c'est le peuple canayen qu'on vise' (*Petit Manuel*, p. 161).

**16.** Dickinson and Young, p. 285.

**17.** Nicole Deschamps, Raymonde Héroux, and Normand Villeneuve, *Le Mythe de Maria Chapdelaine* (Montreal: Presses de l'Université de Montréal, 1980) p. 216. Although Louis Hémon, the author of *Maria Chapdelaine*, was a Frenchman, his fictional depiction of life in the backwoods of northern Quebec at the turn of the century provided perfect material for conservative ideologies to exalt as the French-Canadian ideal.

**18.** Benoît Lacroix, 'Histoire et religion traditionnelle des Québécois (1534-1980)', in *Culture populaire et littératures au Québec*, ed. by René Bouchard, Stanford French and Italian Studies, 19 (Saratoga, Calif.: Amma Libri, 1980) pp. 19-41 (p. 37).

**19.** Founded in 1963, the *Front de libération du Québec* was a revolutionary movement which had as its aim the creation of an independent, socialist Quebec. Prepared to use terrorism, it was responsible for over 200 bombings predominantly in the Montreal area between 1963 and 1970. In October 1970, members of two different cells of the FLQ kidnapped James Cross, the British trade commissioner in Montreal, and Pierre Laporte, the Quebec minister of labour and immigration. In a highly controversial move, the federal government introduced the War Measures Act, suspending normal liberties and allowing arrests without charge. More than 450 people were detained, most of whom were eventually released. Laporte had been murdered in October; in December the release of Cross was negotiated, and the War Measures suspended. The FLQ ceased its activities in 1971.

**20.** *The History of Quebec: a patriote's handbook* [*sic*], trans. by Baila Markus (Toronto: New Canada Publications, 1971).

**21.** Pierre Vallières, *Nègres blancs d'Amérique: Autobiographie précoce d'un 'terroriste' québécois*, new edn, rev. and corr. ([Ottawa]: Editions parti pris, 1974) p. 15. Original ed. 1968.

**22.** Dickinson and Young, p. 309.

**23.** David J. Bercuson and Barry Cooper, *Deconfederation: Canada without Quebec* (Toronto: Key Porter Books, 1991); French trans: [Montreal]: Le Jour, 1991. Marcel Côté, *Le Rêve de la terre promise: Les Coûts de l'indépendance* (Montreal: Stanké, 1995); English trans. with David Johnston: Toronto: Stoddart, 1995. Lansing Lamont, *Breakup: The Coming End of Canada and the Stakes for America* (New York: Norton, 1994).

**24.** Victor Barbeau, *Le français du Canada*, new rev. edn (Montreal: Garneau, 1970) p. 20.

**25.** Léandre Bergeron, *The Québécois Dictionary* (Toronto: James Lorimer, 1982) p. vii.

**26.** Gaston Dulong, *Dictionnaire correctif du français au Canada* (Quebec City: Presses de l'Université Laval, 1968).

**27.** Brigitte Morrissette, 'Un Roman explosif pour le plus insolite de nos auteurs', *La Patrie*, 21 January 1968, p. 53.

**28.** Roch Carrier, 'Comment suis-je devenu romancier?', in *Le Roman contemporain d'expression française*, ed. by Antoine Naaman and Louis Painchaud (Sherbrooke: Faculté des lettres, 1970) pp. 266-72 (p. 272).

**29.** 'De Sainte-Justine à Montréal: Une interview avec Roch Carrier, romancier et dramaturge québécois', *Contemporary French Civilization*, 2 (1978) pp. 265-75 (p. 267).

**30.** 'Comment suis-je devenu romancier?', p. 269. Voltaire's *Candide, ou l'Optimisme* was first published in 1759. A satire of war, of organised religion, and of Leibniz and the doctrine of optimism, *Candide*, the most famous of Voltaire's *contes*, is a short picaresque tale whose tone ranges from irony to bawdiness, to horror, to compassion as the eponymous hero stumbles from one fantastical adventure to another, his eyes increasingly opened to the realities of the world. The fable is a scathing attack on bigotry, injustice, intolerance, and on metaphysical speculations about why we are here.

**31.** 'De Sainte-Justine à Montréal', p. 269.

**32.** Donald Cameron, 'Roch Carrier: You Have To Take Some Risk To Tell The Truth', in *Conversations with Canadian Novelists* (Toronto: Macmillan of Canada, 1973) pp. 13-29 (p. 15). The interview took place in 1971.

**33.** 'Entre nous et Roch Carrier', *Le Mot*, 1 (March-April 1974) pp. 13-15 (p. 14).

**34.** 'Entre nous et Roch Carrier', p. 14.

**35.** Réginald Martel, 'Roch Carrier: L'écho d'une épopée silencieuse', *La Presse*, 21 November 1970, p. D3.

**36.** Nicole Beaulieu, 'La Littérature, yes sir!', *L'Actualité*, 5 (November 1980) pp. 68-74 (p. 73).

**37.** 'Entre Nous et Roch Carrier', p. 14.

**38.** Gilles Dorion and Maurice Emond, 'Roch Carrier: Entrevue', *Québec français*, 31 (October 1978) pp. 29-32 (p. 31).

**39.** André Major, 'Roch Carrier nouvelle manière: "La guerre, Yes Sir!"', *Le Devoir*, 2 March 1968, p. 12.

**40.** 'Roch Carrier: Entrevue', pp. 29-30.

**41.** 'Roch Carrier: Entrevue', p. 32.

**42.** *Le Soleil*, 13 April 1968, p. 32.

**43.** *Le Devoir*, 23 March 1968, p. 15.

**44.** 'Joyeusetés du Québec en temps de guerre', *La Presse*, 9 March 1968, p. 25.

**45.** 'La Guerre, Yes Sir! de Roch Carrier', *Livres et auteurs canadiens 1968* (Montreal, 1969) p. 39.

**46.** Pierre Hébert, 'Roch Carrier au Canada anglais', *Oeuvres et critiques*, 14, 1 (1989) pp. 101-13 (p. 102).

**47.** Sheila Fischman, 'Roch Carrier: une âme soeur', trans. by Jacques Baron Rousseau, *Nord*, 6 (1976) pp. 39-48 (p. 41).

**48.** See p. xi and note 19.

**49.** Pierre Hébert, 'La Réception des romans de Roch Carrier, au Québec et au Canada anglais, ou Le syndrome Krieghoff', in *Le Roman contemporain au Québec (1960-1985)*, Archives des lettres canadiennes, 8 ([n.p.], Fides, 1992) pp. 197-213 (p. 197).

**50.** 'A vision that transcends borders', *Maclean's*, 95 (24 May 1982) 8b-c.

**51.** 'La Réception des romans de Roch Carrier', p. 201. The quotation is from Peter Carver's *Study Guide to Roch Carrier's "La Guerre, Yes Sir!"* (Toronto: Anansi, 1978) p. 2.

**52.** 'Roch Carrier au Canada anglais', p. 103.

**53.** John Mills, 'Roch Carrier, *La Guerre, Yes sir*', *West Coast Review*, 5 (1970) pp. 82-3.

**54.** 'Comment suis-je devenu romancier?', p. 271.

**55.** Ronald Sutherland, 'Faulknerian Quebec', *Canadian Literature*, 40 (1969) pp. 86-7.

**56.** Jack Ludwig, 'Wild Talent in Slightly Dirtied Snow', *Globe and Mail*, 18 April 1970, 'The Globe Magazine', p. 15. Reprinted in *The Canadian Reader*, 11 (1970) pp. 5-6.

**57.** Robert J. Green, 'Quebec's Two Enemies', *The Journal of Commonwealth Literature*, 7 (1972) pp. 113-15 (p. 113).

**58.** Philip Sykes, 'Will *La Guerre* survive fashionability? With a little luck, *oui*', *Maclean's*, 83 (June 1970) pp. 77-9 (p. 77).

**59.** Conrad Bernier, 'Un petit roman qui se lit beaucoup trop facilement!', *Le Petit Journal*, 31 March 1968, p. 60.

**60.** René Dionne, '*La Guerre, yes sir!*', *Relations*, 331 (1968) pp. 279-81 (p. 279). Also reprinted as 'La Guerre at Home' in *Romans du pays 1968-1979*, ed. by Gabrielle Poulin (1980) pp. 96-103.

**61.** Dorion and Emond, p. 29.

**62.** Mark Levene, '*La Guerre, Yes Sir!*', *The Canadian Forum*, 50 (September 1970) p. 220.

**63.** 'Comment suis-je devenu romancier?', p. 269.

**64.** Normand Leroux, '*La Guerre, yes Sir!* de Roch Carrier', in *Le Théâtre canadien français: évolution, témoignages, bibliographie*, Archives des lettres canadiennes, 5 (Montreal: Fides, 1976) pp. 631-5 (p. 631).

**65.** 'Comment suis-je devenu romancier?', p. 271.

**66.** 'Comment suis-je devenu romancier?', p. 270.

**67.** Martel.

**68.** Quoted in Margaret Northey, *The Haunted Wilderness: The Gothic and Grotesque in Canadian Fiction* (Toronto: University of Toronto Press, 1976) pp. 79-87 (p. 86). Nor is Carrier the only Québécois to make the comparison. In 1975 the respected novelist Anne Hébert was also quoted as saying that Quebec was 'one of the last countries where the Middle Ages are spiritually perpetuated'(Quoted in Georges Joyaux, 'Roch Carrier's Trilogy: A Second Look at Quebec's Dark Years', in *Essays in Honor of Russel B. Nye*, ed. by Joseph Waldmeir [East Lansing: Michigan State University Press, 1978] pp. 105-28 [p. 125]). See also Vallières' comment, p. xi.

**69.** 'Comment suis-je devenu romancier?', p. 269.

**70.** 'De Sainte-Justine', p. 269.

**71.** David J Bond, 'Carrier's Fiction', *Canadian Literature*, 80 (1979) pp. 120-31 (p. 128); Bond, 'The Forces of Life and Death in Roch Carrier's Fiction', *Studies in Twentieth-Century Literature*, 7 (1982) pp. 59-76 (p. 64). Sutherland has declared: 'Jansenism has been the skeleton in the French-Canadian closet', and from his readings of English- as well as French-Canadian literature he concludes that 'the Jansenism of French Canada and the Calvinism of English Canada inculcated exactly the same attitudes regarding man's relationship to God and his role on earth' ('The Calvinist-Jansenist Pantomime' in his *Second Image: Comparative Studies in Québec/Canadian Literature* [Toronto: New Press, 1971] pp. 62- 3). It is perhaps not so surprising therefore to see similarities between the soldiers and the representatives of the Catholic Church. See also p. xxxiv.

**72.** In comparing the swearing in *La Guerre, yes sir!* to that in works by English-Canadian writers like MacLennan and Kroetsch, Sutherland finds the same 'magnificent curses, full-throated, juicy curses'. He concludes:

The blasphemies, naturally, are derived from the liturgy of the church, as if the suppressed spirit of man were hurling defiance at the instrument of its suppression in a jargon certain to be understood. I strongly suspect that cursing in the best Calvinist-Jansenist tradition has a virulence and intensity all of its own. ('Calvinist-Jansenist, p. 70)

**73.** 'Carrier's Fiction', p. 128.

**74.** 'La Rentrée', *Québec français*, 16 (November 1974) pp. 22-4 (p. 23).

**75.** Jean-Pierre Pichette, *Le Guide raisonné des jurons: langue, littérature, histoire et dictionnaire des jurons* (Montreal: Quinze, 1980) p. 9.

**76.** [Alain Pontaut], 'La Semaine littéraire. Claude Péloquin et la "conférence blanche"; "*La Guerre, yes sir!*"', *La Presse*, 2 March 1968, p. 25.

**77.** Pontaut, 'La Semaine littéraire'.

**78.** Renald Bérubé, '*La Guerre, yes sir!* de Roch Carrier: humour noir et langage vert', *Voix et images du pays*, 3 (1970) pp. 145-64 (p. 159).

**79.** 'De Sainte-Justine', p. 267.

**80.** Paula K. Kamenish, 'Carrier's French and English: "Yoked by violence together"', *SCL/ELC; Studies in Canadian Literature/Etudes en littérature canadienne*, 17 (1992-93) pp. 92-108 (p. 106).

**81.** Cornelius Krieghoff was a German painter who settled in Quebec between 1849 and 1866. He painted anecdotal scenes of French-Canadian life, which made great play with stereotypes of the French. Needless to say, his paintings were much favoured by the English and unpopular with the French. On the subject of the soldiers, see textual note 29.

**82.** Pierre Nepveu, 'Le Grotesque dans *La guerre, yes sir!*', *Nord*, 6 (1976) pp. 49-59 (p. 53).

**83.** Cameron, pp. 23, 27.

**84.** Cameron, p. 21.

**85.** 'Entrevue avec Roch Carrier', *Nord*, 6 (1976) pp. 7-31 (pp. 18-19).

**86.** Pontaut, 'Joyeusetés du Québec'.

**87.** Roch Poisson, 'C'est tellement beau, une belle guerre...', *Photo Journal*, 27 March-3 April 1968, p. 58.

**88.** 'La Réception', p. 210.

**89.** Quoted in Hébert, 'La Réception', p. 213.

**90.** See p. xxi.

**91.** Dorion and Emond, p. 29.

**92.** See note 50 above.

**93.** Cameron, p. 19.

**94.** See, for example, José M. Alonso, 'La Guerra, yes sir!: Passeporte à l'Amérique latine', *Nord*, 6 (1976) pp. 61-83.

**95.** Fred Cogswell, 'The French Canadian Novel and the Problem of Social Change', *Journal of Canadian Fiction*, 1 (1972) pp. 65-8 (p. 68).

**96.** Northey, p. 81.

**97.** Georges-Vincent Fournier, 'Roch Carrier: une quête d'authenticité', *Nord*, 6 (1976) pp. 121-44 (pp. 140-1).

**98.** 'De Sainte-Justine', pp. 269-70.

**99.** Gallays.

**100.** André Belleau, 'Carnavalisation et roman québécois: mise au point sur l'usage d'un concept de Bakhtine', *Etudes françaises*, 19 (1983-4) pp. 51-64 (p. 63).

**101.** Maroussia Ahmed, quoted in Belleau, p. 51.

**102.** Mikhail Bakhtin, *Rabelais and His World*, trans. by Hélène Iswolsky (Bloomington: Indiana University Press, 1984) p. 439.

**103.** Jean-Marie Lemay, 'A la recherche de l'homme québécois', *Nord*, 6 (1976) pp. 85-97 (p. 85).

**104.** Once again, Sutherland's belief in 'the Calvinist-Jansenist ethos of Canada' comes to mind. Esmalda, the priest, and the soldiers would seem to prove his point that 'Canadian Puritanism has evolved in much the same way and has taken much the same form of expression in Protestant English Canada as in Roman Catholic Québec' ('Calvinist-Jansenist', pp. 69, 61).

**105.** Martel. For Atwood such an attitude is not just typical of Quebec, but is characteristic of Canada as a whole. She has written: 'Certainly Canadian authors spend a disproportionate amount of time making sure that their heroes die or fail' (p. 34).

**106.** Joyaux, pp. 124-5.

**107.** Martel. Bakhtin likewise uses the image as regards France in the 1520s and 1530s: 'The men of that time bade farewell to the "darkness of the Gothic age" and welcomed the rising sun of the new epoch' (p. 98).

**108.** See p. xi, and note 19 above.

**109.** Martel.

**110.** Herbert Whittaker, '*La Guerre, Yes Sir!* – a smash', *The Globe and Mail*, 5 August 1972, p. 22.

**111.** 'Carrier a-t-il du succès? Yes, Sir!' *Montréal-Matin*, 3 September 1972, 'Dimanche-Vedettes', pp. 4-5. Such a shared reaction would probably not surprise Atwood who ends her chapter on Quebec literature by declaring: 'In many ways, Quebec's situation – as reflected in its literature – epitomizes the situation of Canada as a whole' (p. 230).

**112.** 'La Réception des romans de Roch Carrier', p. 213. In 1945 Hugh MacLennan published the novel *Two Solitudes*, in which the two solitudes of the title represent the way the two founding nationalities function in isolation one from the other.

**113.** s.v. French Origin.

**114.** Toronto: Key Porter Books, 1994.

# SELECTED BIBLIOGRAPHY

## History

Barbeau, Victor, *Le français au Canada*, new rev. edn (Montreal: Garneau, 1970).

Bergeron, Léandre, *Petit Manuel d'histoire du Québec* (n.p.: Editions Québécoises,[1971]); *The History of Quebec: A Patriote's Handbook* [*sic*], updated edn (Toronto: New Canada Publications, 1975).

Dickinson, John A., and Brian Young, *A Short History of Quebec*, 2nd edn (Toronto: Copp Clark Pitman, 1993).

Hamelin, Jean, *Histoire du catholicisme québécois*, vol. 3: *Le XX$^{e}$ siècle*. tome 1: *1898-1940*, with Nicole Gagnon; tome 2: *De 1940 à nos jours* (Montreal: Boréal, 1984).

Hamelin, Jean, and Jean Provencher, *Brève Histoire du Québec*, 3d edn (Montreal: Boréal, 1987).

Lacroix, Benoît, 'Histoire et religion traditionnelle des Québécois (1534-1980)' in *Culture populaire et littératures au Québec*, ed. by René Bouchard, Stanford French and Italian Studies, 19 (Saratoga, Calif.: Amma Libri, 1980) pp. 19-41.

Linteau, Paul-André, and René Durocher, Jean-Claude Robert, *Histoire du Québec contemporain*, 2 vols, new rev. edn (Montreal: Boréal, 1989); *Quebec: A History, 1867-1929*, trans. by Robert Chodos (Toronto: James Lorimer, 1983) and *Quebec since 1930*, trans. by Robert Chodos and Ellen Garmaise (Toronto: James Lorimer, 1991).

Morton, Desmond, *A Short History of Canada*, 2nd rev. edn (Toronto: McClelland & Stewart, 1994).

Mougeon, Raymond, and Edouard Beniak, eds, *Les Origines du français québécois*, Langue française au Québec, 11 (Sainte-Foy: Les Presses de l'Université Laval, 1994).

Orkin, Mark M., *Speaking Canadian French; An Informal Account of the French Language in Canada*, rev. edn (New York: David McKay Company, 1971).

Vallières, Pierre, *Nègres blancs d'Amérique: Autobiographie précoce d'un 'terroriste' québécois*, new edn, rev. and corr. ([Montreal]: Editions parti pris, 1974); *White Niggers of America*, trans. by Joan Pinkham (Toronto, McClelland and Stewart, 1971).

Voisine, Nive, *Histoire de l'église catholique au Québec (1608-1970)* (Montreal: Fides, 1971).

Wade, Mason, *The French Canadians 1760-1967*, rev. edn, 2 vols (Toronto: Macmillan of Canada, 1968).

## The French-Canadian Novel

Arguin, Maurice, *Le Roman québécois de 1944 à 1965: Symptômes du colonialisme et signes de libération*, Collection 'Essais', 1 (Québec: Université Laval, 1985).

Atwood, Margaret, *Survival: A Thematic Guide to Canadian Literature* (Toronto: Anansi, 1972). Ch. 11 deals with Quebec literature.

Belleau, André, 'Carnavalisation et roman québécois: mise au point sur l'usage d'un concept de Bakhtine', *Etudes françaises*, 19 (1983-4) pp. 51-64.

Dorion, Gilles, 'La Littérature québécoise contemporaine 1960-1977. II. Le Roman', *Etudes françaises*, 13 (1977) pp. 301-38.

Dorion, Gilles, and Marcel Voisin, *Littérature québécoise, voix d'un peuple, voies d'une autonomie* (Brussels: Editions de l'Université de Bruxelles, 1985).

Gallays, François, Sylvain Simard, and Robert Vigneault, eds, *Le Roman contemporain au Québec (1960-1985)*, Archives des lettres canadiennes, 8 ([Montreal], Fides, 1992).

De Grandpré, Pierre, ed., *Histoire de la littérature française du Québec*, 4 vols (Montreal: Beauchemin, 1967-9).

Hajdukowski-Ahmed, Maroussia, 'The Unique, Its Double and the Multiple: The Carnivalesque Hero in the Québécois Novel', *Yale French Studies*, 65 (1983) pp. 139-54.

Kwaterko, Józef, *Le Roman québécois de 1960 à 1975: idéologie et représentation littéraire*, Collection l'Univers des discours (Longueuil: Editions du préambule, 1989).

Lemire, Maurice, *Dictionnaire des oeuvres littéraires du Québec*, 6 vols (Montreal: Fides, 1978-94). *La Guerre, yes sir!* is in vol. 4.

Mailhot, Laurent, *La Littérature québécoise*, Que sais-je?, 1579 (Paris: Presses universitaires de France, 1974).

'Le Roman québécois contemporain (1960-1986)', special number of *Oeuvres et critiques*, 14 (1989).

Shek, Ben-Zion, *French-Canadian and Québécois Novels*, Perspectives on Canadian Culture (Toronto: Oxford University Press, 1991).

Tougas, Gérard, *Histoire de la littérature canadienne-française*, 3d edn (Paris: Presses universitaires de France, 1966).

## Carrier on his work

Beaulieu, Nicole, 'La Littérature, yes sir!', *L'Actualité*, 5 (1980) pp. 68-74.

'Comment suis-je devenu romancier?', in *Le Roman contemporain d'expression française*, ed. by Antoine Naaman and Louis Painchaud (Sherbrooke: Faculté des lettres, 1971) pp. 266-72.

'De Sainte-Justine à Montréal: Une interview avec Roch Carrier, romancier et dramaturge québécois', *Contemporary French Civilization*, 2 (1978) pp. 265-75.

Dorion, Gilles, and Maurice Emond, 'Roch Carrier: Entrevue', *Québec français*, 31 (1978) pp. 29-32.

'Entrevue avec Roch Carrier', *Nord*, 6 (1976) pp. 7-31.

'Entre nous et Roch Carrier', *Le Mot*, 1 (1974) pp. 13-15.

Cameron, Donald, 'Roch Carrier: You Have To Take Some Risk To Tell the Truth, in *Conversations with Canadian Novelists* (Toronto: Macmillan of Canada, 1973) pp. 13-29.

## *La Guerre, yes sir!*

Bailey, Nancy, 'The Corriveau Wake: Carrier's Celebration of Life', *Journal of Canadian Fiction*, 1 (1972) pp. 43-7.

Bérubé, Renald, '*La Guerre, yes sir!* de Roch Carrier: humour noir et langage vert', *Voix et images du pays*, 3 (1970) pp. 145-64.

Bond, David, 'Carrier's Fiction', *Canadian Literature*, 80 (1979) pp. 120-31.

Bond, David, 'The Forces of Life and Death in Roch Carrier's Fiction', *Studies in Twentieth-Century Literature*, 7 (1982) pp. 59-76.

Carver, Peter, *A Study Guide to Roch Carrier's "La Guerre, Yes Sir!"* (Toronto: Anansi, 1978).

Fournier, Georges-Vincent, 'Roch Carrier: une quête d'authenticité', *Nord*, 6 (1976) pp. 121-44.

Hébert, Pierre, 'La Réception des romans de Roch Carrier au Québec et au Canada anglais, ou le syndrome de Krieghoff', in *Le Roman contemporain au Québec (1960-1985)*, ed. by François Gallays, Sylvain Simard, and Robert Vigneault, Archives des lettres canadiennes, 8 ([Montreal] Fides, 1992) pp. 197-213.

Hébert, Pierre, 'Roch Carrier au Canada anglais', *Oeuvres et critiques*, 14 (1989) pp. 101-13.

Joyaux, Georges, 'Roch Carrier's Trilogy: A Second Look at Quebec's Dark Years', in *Essays in Honor of Russel B. Nye*, ed. by Joseph Waldmeir (East Lansing: Michigan State University Press, 1978) pp. 105-28.

Kamenish, Paula K., 'Carrier's French and English: "Yoked by violence together"', *SCL/ÉLC; Studies in Canadian Literature/Etudes en littérature canadienne*, 17 (1992/93) pp. 92-108.

Leroux, Normand, '*La Guerre, yes Sir!* de Roch Carrier', in *Le Théâtre canadien français: évolution, témoignages, bibliographie*, Archives des lettres canadiennes, 5 (Montreal: Fides, 1976) pp. 631-5.

Nardout-Lafarge, Elisabeth, 'Stratégies d'une mise à distance: la Deuxième Guerre mondiale dans les textes québécois', *Etudes françaises*, 27 (1991) pp. 43-60.

Nepveu, Pierre, 'Le Grotesque dans *La guerre, yes sir!*', *Nord*, 6 (1976) pp. 49-59.

*Nord*, 6 (1976): special number devoted to Carrier.

Northey, Margot, 'Sportive Grotesque', in her *The Haunted Wilderness: The Gothic and Grotesque in Canadian Fiction* (Toronto: University of Toronto Press, 1976) pp. 79-87. Also in *Canadian Literature*, 70 (1976) pp. 14-22.

Sutherland, Ronald, 'The Calvinist-Jansenist Pantomime', in *Second Image: Comparative Studies in Québec/Canadian Literature* (Toronto: New Press, 1971) pp. 61-87.

## Dictionaries

Bélisle, Louis-Alexandre, *Dictionnaire nord-américain de la langue française* (Montreal: Beauchemin, 1979).

Bergeron, Léandre, *Dictionnaire de la langue québécoise* (Montreal: VLB Editeur, 1980); *The Québécois Dictionary* (Toronto: James Lorimer, 1982).

DesRuisseaux, Pierre, *Dictionnaire des expressions québécoises*, rev. edn (Montreal: Bibliothèque québécoise, 1990).

*Dictionnaire Beauchemin canadien* (Montreal: Librairie Beauchemin, 1968).

*Dictionnaire québécois d'aujourd'hui*, ed. by Jean-Claude Boulanger (Saint-Laurent, Que.: Dicorobert, 1993).

Dulong, Gaston, *Dictionnaire correctif du français au Canada* (Quebec City: Les Presses de l'Université Laval, 1968).

Dulong, Gaston, *Dictionnaire des canadianismes* ([n.p.], Larousse, 1989).

*Glossaire du parler français au Canada* (Quebec City: Presses de l'Université Laval, 1968). Reprint of 1930 edition.

Pichette, Jean-Pierre, *Le Guide raisonné des jurons: langue, littérature, histoire et dictionnaire des jurons* (Montreal: Quinze, 1980).

Proteau, Lorenzo, *Le français populaire au Québec et au Canada: 350 ans d'histoire* (Boucherville, Que: Les Publications Proteau, 1991).

## Other novels referred to:

Blais, Marie-Claire, *Une saison dans la vie d'Emmanuel* (Montreal: Boréal, 1991). Original edition: 1965.

Gaspé, Philippe Aubert de, *Les Anciens Canadiens* (Montreal: Bibliothèque québécoise, 1988). Original edition: 1863; revised 1864.

Godbout, Jacques, *Salut Galarneau!* (Paris: Seuil, 1980). Original edition: 1967.

Hémon, Louis, *Maria Chapdelaine* (Montreal: Bibliothèque québécoise, 1994). Original edition: Paris, 1914; Montreal, 1916.

## The Text

The following editions have been published of Roch Carrier's novel *La Guerre, yes sir!*:

*La Guerre, yes sir!*, Collection 'Les Romanciers du jour' (Montreal: Editions du jour, 1968).

*La Guerre, yes sir!* (Montreal: Art global, 1975).

An *édition de luxe* illustrated with an etching by Charles Daudelin who also provided a bronze relief for the cover. The edition was limited to 150 copies signed by the author and the artist.

*La Guerre, yes sir!*, Collection 'Québec 10/10', 33 (Montreal: Stanké, 1981). Reprinted 1998.

*La Guerre, yes sir!*, Collection 'Le Petit Format du Québec' (Montreal: Stanké, 1996).

For this edition Carrier gave permission for the publisher to revise the text as regards punctuation, capitalisation, and the correction of typographical errors which had persisted from the first edition. The editors also put the English into italics. Carrier did not himself oversee the revisions. Unfortunately, the editors in their turn introduced typographical errors of their own, as well as some *bizarreries*, which are commented on in the notes to the text of the present edition.

The text of the present edition is based on the original 1968 edition but also incorporates corrections of the typographical errors and italicises the English dialogue. The quirkiness of the original punctuation has for the most part been retained.

Translation: *La Guerre, Yes Sir!*, translated by Sheila Fischman (Toronto: Anansi, 1970).

Dramatisation: *La Guerre, yes sir!* (Montreal: Editions du jour, 1970), and a revised and corrected edition (Montreal: Editions du jour, 1973).

* * *

## *La Trilogie de l'âge sombre*

*La Guerre, yes sir!* is the first novel in a series of three collectively entitled *La Trilogie de l'âge sombre*, the others of which are:

*Floralie, où es-tu?* (Montreal: Editions du jour, 1969).
*Floralie, où es-tu?*, Collection 'Québec 10/10', 34 (Montreal: Stanké, 1981).
*Floralie, Where Are You?*, translated by Sheila Fischman (Toronto: Anansi, 1970).
Dramatisation: *Floralie* (Montreal: Editions du jour, 1970).

*Il est par là, le soleil* (Montreal: Editions du jour, 1970).
*Il est par là, le soleil*, Collection 'Québec 10/10, 35 (Montreal: Stanké, 1981).
*Is it the Sun, Philibert?*, translated by Sheila Fischman (Toronto: Anansi, 1972).

References to these two novels in the Textual Notes are to the 1981 Stanké edition.

* * *

In 1996 Stanké published a collected edition of five Carrier works under the title *Presque tout Roch Carrier*. As well as the three novels of the *Trilogie de l'âge sombre*, also included were the novel *Il n'y a pas de pays sans grand-père* (1977) and the play *La Céleste Bicyclette* (1980).

Roch Carrier

# LA GUERRE, YES SIR!

roman

Je voudrais dédier ce livre,
que j'ai rêvé,
à ceux qui l'ont peut-être vécu.

R.C.

Joseph ne haletait pas.

Il venait comme l'homme qui marche vers son travail.[1]

Sur la bûche, mettrait-il sa main droite ou sa gauche? Sa main droite était plus forte, travaillait mieux. Sa main gauche était forte aussi.

Joseph étendit les cinq doigts de sa main gauche sur la bûche.

Il entendit une respiration derrière lui. Il se retourna. C'était la sienne.

Ses autres doigts, son autre main, saisirent la hache. Elle s'abattit entre le poignet et la main qui bondit dans la neige et se noya lentement dans son sang.

Joseph ne voyait ni la tache rouge, ni la main, ni la neige.

Quand la hache trancha l'os, Joseph ne ressentit qu'une caresse chaude; il souffrait depuis qu'elle était enfoncée dans le bois.

Cette fenêtre embuée qui le séparait de la vie peu à peu fut transparente, très claire. Joseph mesura, en un instant de vertigineuse lucidité, la peur qui l'avait torturé durant de longs mois:

— Leurs Christ d'obus[2] auraient fait de la confiture avec moi...

Il enfonça son moignon dans la neige.[3]

— Avec leur maudite guerre,[4] ils ont fait de la confiture avec Corriveau...[5] Ils ne m'auront pas... La confiture, c'est moi qui la ferai, l'automne prochain: des fraises, des bleuets, des groseilles, des pommes rouges, des framboises...

Joseph éclata d'un grand rire qu'il entendit monter très haut, dans l'espace, au-dessus de la neige. Il ne s'était jamais autant amusé depuis le début de la guerre. Des villageois entendirent sa voix. Il appelait au secours.[6]

* * *

Amélie, du bout du manche de son balai, frappa au plafond. C'était un code. Elle écouta. Un mouvement chuchota dans le grenier: un homme habitué à se mouvoir silencieusement. Rien ne bougea plus. Puis un miaulement se fit entendre. Cela signifiait:

— Y a-t-il du danger?

Alors, Amélie s'écria:

— Descends, impuissant!

Des objets lourds glissèrent, une trappe s'ouvrit dans le plafond, une botte apparut, puis l'autre et des jambes: Arthur se laissa tomber, une carabine à la main, un manteau plié sous le bras.

—— Mais non, tu n'as pas besoin de tout ce bagage... Viens te coucher, ordonna Amélie.

Arthur tournait sur lui-même, cherchant un endroit où déposer ses affaires.

—— Viens te coucher, Arthur, insista Amélie. Dépêche-toi. Ces hommes, ils ont les pieds pris dans la mélasse.[7] Je me demande pourquoi nous en avons tant besoin. Arthur, jette ton paquet dans le coin et viens te coucher.

Une autre tête apparut dans l'ouverture, Henri:

—— C'était mon tour de coucher avec toi, ce soir, gémit-il.

—— Toi, lança Amélie, tais-toi, tu empêches les enfants de dormir.

—— C'est mon tour, ce soir...

—— Tu auras ton tour. Va te cacher.

—— Ce n'est jamais mon tour, protesta Henri. Es-tu ma femme ou tu n'es pas ma femme?

Amélie se planta sous la trappe du grenier, les poings sur les hanches et commença à cracher des injures; Henri n'entendait rien, ébloui par le gouffre des seins que lui dévoilait l'encolure de la robe.

—— Oui, je suis ta femme, assurait Amélie, mais si je n'étais pas aussi la femme d'Arthur, je n'aurais pas eu d'enfants de lui.

—— Il n'y a plus de justice, pleurait Henri. Depuis que cette maudite guerre est commencée, il n'y a plus de justice.

On avait obligé Henri à se costumer en soldat. On l'avait poussé dans un bateau. On l'avait débarqué en Angleterre.[8]

—— Qu'est-ce que c'est l'Angleterre? demandaient les commères à Amélie qui n'était pas peu fière d'avoir un mari soldat en Angleterre.

—— L'Angleterre, c'est un pays des vieux pays. Il y a d'abord la mer. La mer, c'est grand comme le monde. De l'autre côté, c'est l'Angleterre. C'est au bout du monde, l'Angleterre. C'est loin. On ne peut même pas aller là en train. Eh! oui, mon Henri est en Angleterre. Il fait la guerre aux Allemands. Puis, quand il ne reste plus d'Allemands, Henri balaie les planchers de l'armée, en Angleterre.

Elle interprétait ainsi les lettres d'Henri. Mais elle savait, par son intuition de femme, qu'Henri passait son temps à boire et à caresser les fesses des femmes d'Angleterre.

—— Un homme seul, pensait Amélie, c'est un matou, puis, dans ces vieux pays, ils n'ont pas de religion ni de morale...[9]

Amélie, dans ses prières, demandait souvent au bon Dieu que si Henri devait se faire tuer par un Allemand, qu'il n'ait pas l'âme sale comme ses bottes. Le bon Dieu ne pouvait lui refuser cela.

Henri était parti depuis plus d'un an. Une nuit, on frappa à la porte. Amélie hésita à ouvrir, inquiète. On ne frappe pas la nuit, à la porte d'une femme de soldat au front en Angleterre, sans un motif très sérieux. Amélie se décida enfin à lever le loquet. Elle ouvrit. C'était Arthur, carabine à la main.

— Ne me tue pas, implora-t-elle, fermant de sa main l'encolure de sa robe qui retenait difficilement sa poitrine.

Arthur fixa un instant la main fermée et la robe gonflée:

— Je veux me cacher. Cache-moi.

Amélie se recula pour qu'il entre.

— C'est à cause de la guerre? Si elle continue longtemps, toutes les femmes auront un homme caché sous leurs jupes.

Arthur rit.

— Les chiens de la police militaire sont à mes trousses. Ils sont venus chez moi, les policiers et les chiens. Je me suis esquivé par la porte arrière. J'ai tué un des chiens. Je ne veux pas faire leur maudite guerre.

— Henri fait la guerre...

— Je ne veux pas me faire déchirer la figure dans leur maudite guerre. Est-ce qu'ils nous ont demandé si nous la voulions, cette maudite guerre?[10] Non. Mais quand ils ont besoin de bras pour la faire, cette maudite guerre, alors là, ils nous aiment bien. Moi, je ne veux pas perdre un seul cheveu à leur maudite guerre.

Il semblait à Amélie qu'Arthur avait beaucoup plus raison qu'Henri. Son mari se laissait toujours attraper par quelqu'un ou quelque chose...

— Je ne veux pas faire leur guerre. Les gros ont décidé de faire leur guerre. Qu'ils la fassent seuls, sans nous... Que les gros se battent, s'ils le veulent; ça ne leur fait pas mal puisqu'ils recommencent toujours. Qu'ils s'amusent, mais qu'ils laissent les petits s'amuser comme ils le veulent.[11]

Amélie acquiesçait; Arthur avait raison. Henri se trompait.

— C'est la fin du monde.

— Mon Dieu, c'est-il[12] possible?

— Oui, madame.

— Mon Dieu, soupira Amélie en levant les bras en un geste de supplique. Un sein bondit par la robe ouverte. De la main, Amélie le repoussa à l'intérieur.

— Tu coucheras dans le grenier, dit-elle.

Arthur dormit dans le lit d'Amélie. Quand ils s'éveillèrent, à l'aube, Amélie lui dit:

— Il y a les vaches à traire.

— Ça, c'est mon travail.

Arthur se leva, s'habilla, prit en sortant le veston d'Henri, accroché près de la porte. Il revint avec le lait:

— Les vaches étaient contentes de voir un homme, je t'assure.

— Et moi, dit Amélie, penses-tu que je n'étais pas contente de voir un homme?

Les enfants vinrent se ranger autour de la table et Arthur leur parla de la guerre qui tuait les enfants et des Allemands qui découpaient les petits enfants en morceaux pour nourrir leurs chiens.

— Moi, dit l'enfant qui louchait, s'il y a un Allemand qui vient ici, je lui enfonce ma fourchette dans un oeil.

— Moi, dit une petite fille, je vais lui lancer un caillou dans ses lunettes et le verre va lui crever les yeux.

— Moi, dit l'aîné, je vais lui mettre une couleuvre dans un verre de lait, et il va boire la couleuvre.

— Moi, dit le plus petit, je vais aller faire la guerre comme mon père.

— Taisez-vous! trancha Amélie. Soyez bien contents d'avoir quelque chose à manger.

— Moi, expliqua Arthur, je n'aime pas la guerre parce qu'à la guerre, il y a des petits enfants qui sont tués; je ne veux pas que des petits enfants soient tués.

Ces paroles firent d'Arthur le père des enfants.

Amélie rayonnait. Henri, qui était leur vrai père, n'avait jamais su parler aux enfants. Arthur, qui était un célibataire, savait. Personne ne pensa qu'il devait repartir. Neuf mois plus tard, les enfants, un matin, trouvèrent dans le petit lit deux jumeaux pleureurs et affamés. Un gros rire secoua Amélie:

— Les autres sont plutôt les miens que les tiens. Les jumeaux sont à nous.[13]

Arthur s'occupa des travaux de la ferme, des animaux, jamais tout à fait libre, cependant, toujours menacé de voir surgir dans son dos les chiens de l'armée. La ferme n'était plus une ferme abandonnée. Amélie cajolait Arthur comme son enfant le plus sage.

Un soir, Henri apparut dans la porte:

— Il était temps que tu reviennes, remarqua Amélie, nous commencions à t'oublier.

— Je viens seulement pour quelques jours. Il faut que je retourne.

— Pourquoi t'ont-ils renvoyé ici?

— Je suis fatigué. C'est fatigant la guerre.

— Pendant que tu es ici, qui va se battre contre les Allemands?

Henri se laissa tomber sur une chaise:

— C'est fatigant, la guerre.

— Tu penses, répliqua sa femme, que je ne suis pas fatiguée, moi que tu as laissée avec tes enfants. Tout le monde est fatigué. Les jumeaux m'épuisent; mais je ne me plains pas de ma fatigue, moi.

— Les jumeaux?

— Oui, les jumeaux...

Henri ne comprenait rien. A la guerre, il avait pensé souvent à ses enfants. Ce n'était pas possible qu'il ait oublié ses jumeaux. Peut-être étaient-ils très jeunes à son départ. Ce n'était pas possible qu'il ait oublié qu'il avait des jumeaux. Un homme qui a des jumeaux ne les oublie pas.

— Des jumeaux, expliquait Amélie. Deux couples de jumeaux. J'ai deux couples de jumeaux. Parce que Monsieur voyage, parce que Monsieur se promène, parce que Monsieur se pense obligé d'aller à la guerre, Monsieur croit que la terre s'arrête de tourner. J'ai des jumeaux; deux couples de jumeaux. C'est simple: je les ai transbahutés là (elle se frappait le ventre) et puis, ils sont sortis.

— Ce qui m'intéresse, c'est de savoir comment ils sont entrés.

— J'ai des jumeaux, trancha-t-elle à la fin, et ils sont bien vivants.

Ce soir-là, on se chamailla, on se battit, on frappa les enfants qui pleurnichaient, on se donna coups de pieds et coups de poings. Quand on fut exténué, on fit la paix.

Après sa longue absence, Henri méritait d'être bien reçu. Henri coucherait donc avec sa femme. A l'avenir, Henri et Arthur auraient leur nuit, tour à tour, aussi longtemps que durerait le séjour du soldat en permission.[14]

Au dernier jour de son congé, Henri refusa de quitter Amélie, le village, pour retourner à la guerre.

— Deux hommes dans une maison, c'est trop pour une seule femme, s'acharnait à lui expliquer Amélie. C'est la guerre. Il faut quelqu'un pour la faire. Il faut des hommes à la guerre et des hommes à la maison. Tous les hommes ne peuvent rester à la maison. Quelques-uns doivent partir. Les plus braves deviennent soldats et partent se battre.

Arthur ajoutait ses arguments avec un ton de reproche:

— Les Allemands s'en viennent avec des bottes qui tombent par terre comme des coups de haches et toi, tu veux rester ici à fumer ta pipe.

Henri frappait la table à coups de poings; les enfants pleuraient de partout dans la maison:

— Toi, hurlait-il, toi, est-ce que tu fais la guerre?

Arthur alluma sa pipe et il répondit calmement à travers la fumée:

— Tu es un soldat...

— Des Allemands! je n'ai jamais vu un hostie d'Allemand.[15]

— Tu es un soldat, tu as l'uniforme, les bottes; moi, je suis un fermier, et un père de famille; j'ai deux couples de jumeaux et Amélie grossit encore. Tu es un soldat. Les soldats ont comme devoir de protéger les fermiers pères de famille, les enfants, le bétail, la patrie.

Henri ne retourna pas au front.[16]

— Depuis cette tabernacle de guerre,[17] il n'y a plus de justice, geignait-il, la tête pendant dans l'ouverture de la trappe. Ce n'est jamais mon tour. J'aurais dû finir comme Corriveau. Corriveau ne voit plus rien.

— Vous êtes des hommes, dit Amélie avec des ronrons dans la gorge, vous devriez vous conduire comme des hommes et non comme des enfants. Entendez-vous pacifiquement. Ce n'est pas la peine de vous faire la guerre. Chacun votre jour dans mon lit, c'était notre loi. Elle n'est pas difficile à comprendre. Chacun votre nuit...Moi, je ne peux pas toujours savoir de qui c'est le tour. Je ne peux pas toujours savoir si hier, c'était Henri qui était avec moi ou si c'était Arthur. Ferme la trappe, Henri, et ne fais plus de bruit. Tu sais que l'on cherche les déserteurs et que l'on trouve ceux qui font trop de bruit.[18]

Elle empoigna Arthur par le bras:

— Viens. Au fond, ce n'est pas drôle pour ce pauvre Henri. Il voudrait passer ses journées dans mon lit. C'est dur, la guerre!

Henri suivit des yeux sa femme et Arthur jusqu'à ce qu'ils aient disparu dans la chambre:

— Calice d'hostie de tabernacle![19] Si la guerre peut finir...

Il ferma la trappe et glissa dessus des objets lourds.

Amélie tourna le dos à Arthur, elle déboutonna sa robe. Arthur l'observait. Il résistait au désir de bondir sur elle et de lui écraser les seins dans ses mains. Elle laissa glisser sa robe; la chair molle, blanche et luisante de son dos et de ses hanches aveuglait Arthur. Ce dos, il ne pourrait jamais s'y habituer. Elle se courba pour enlever sa culotte qu'elle laissa glisser contre ses jambes. Alors elle se tourna vers Arthur. Il tressaillit à l'idée qu'il ferait son nid dans cette chair.

— Corriveau, dit-elle, arrive demain.

Elle s'abattit sur le lit sans tirer les couvertures:

— Dépêche-toi, dit-elle, j'ai froid. Tu entends le vent? C'est triste, un vent d'hiver. Dépêche-toi. Viens.

Arthur s'étendit sur le lit:

— J'avais oublié que Corriveau arrivait demain. Comme il aura avec lui une suite de soldats, Henri et moi ne risquerons pas de sortir de la maison. Corriveau va se tordre de rire dans son cercueil.

Il palpait avec ravissement la chair généreuse. Amélie gloussait. Mais les doigts se lassèrent. La main n'était pas affamée. Elle retomba sur le drap.

— Corriveau a été parti trois ans,[20] dit-il. Je me souviens: c'était aux premiers jours d'automne. Il ne pensait pas partir pour aussi longtemps.

— Il pensait surtout revenir.

— Oh! je ne sais pas s'il avait envie de revenir. Le dernier mot qu'il a dit, je m'en rappelle[21] comme si c'était hier: «Enfin je vais avoir la paix»! Il a dit cela. Je l'entends encore.

——A la guerre, le temps doit passer vite, dit-elle.

Le sexe d'Arthur était trop pacifique.

—— Etre absent trois ans et revenir dans son cercueil, ce n'est pas une vie. Qu'on ait un cortège de soldats ou pas de cortège!

—— Mourir, murmura Amélie, c'est triste.

—— Mourir à la guerre, c'est bien triste.

—— Pauvre Corriveau.

Amélie avait roulé sur Arthur; il s'arracha des seins lourds, du ventre brûlant, sortit du lit, ramassa ses vêtements, saisit le balai, frappa au plafond selon l'accord. Les objets lourds glissèrent au grenier, la trappe s'ouvrit, la tête d'Henri apparut. Il vociférait:

—— On ne peut plus dormir, on se fait voler sa femme légitime bénie par le curé et puis, on nous dérange trois ou quatre fois par nuit, et autant le jour. La paix! Je veux l'hostie de paix!

Arthur guettait une seconde de silence pour parler. Elle vint:

—— C'est triste de revenir de la guerre dans son cercueil.

—— C'est triste, mais ce n'est pas une raison de déranger tout le village.

—— Moi, ça me remue l'âme, le coeur, le foie, les intestins que Corriveau soit mort.

—— Remue-toi tout ce que tu veux, ça ne le ramènera pas.

—— C'est triste, il avait notre âge.

—— Il était plus jeune que nous, précisa Henri.

—— Mourir, moi je ne pourrais pas supporter cela.

—— Qu'est-ce que tu as à piétiner sous ma trappe comme un chat qui pisse dans le son?[22]

—— Je monte au grenier. Si tu veux, Henri, prends ma place.

—— Ouais...

—— Prends, expliqua Arthur, prends mon tour ce soir. Mais demain ce sera mon tour.

* * *

Le cochon échaudé,[23] bien ouvert, l'intérieur du corps d'un rouge vif, avait les deux jambes arrière ficelées à une échelle sur laquelle Arsène l'avait étendu. L'aîné de ses quatorze enfants, qui connaissait bien ce genre de travail, empoigna une patte avant de l'animal, l'étira de toutes ses forces, son pied prenant appui sur un échelon. Quand la bête fut suffisamment allongée, il ficela la patte à une traverse et saisit la quatrième patte pour recommencer la même opération. Ensuite, Arsène et son fils levèrent l'échelle de façon qu'elle fût verticale et l'appuyèrent contre un mur de la grange. L'adolescent contempla le cochon déshabillé de sa peau, l'intérieur de la bête comme une immense blessure rouge.

— Chaque fois que je vois un cochon ainsi installé, je ne peux m'empêcher de penser au Christ sur le Calvaire.[24]

— Philibert! hurla son père. Athée! Damné! Demande au plus vite pardon au bon Dieu et viens ici que je te botte le cul!

Philibert ne broncha pas, les yeux rivés au cochon ouvert. Son père s'approcha de lui en grommelant qu'il était un blasphémateur infernal, qu'il attirerait sur la maison les malheurs comme la fièvre aphteuse,[25] le tonnerre, le cancer, des dettes et des enfants bossus.

— Chaque fois que quelqu'un insulte le Christ, le pape et les choses saintes, il le paie, expliqua Arsène.

Il aurait voulu que son fils comprît, mais il savait que la douceur n'est jamais efficace. Alors il enfonça sa botte dans les fesses de Philibert et il recommença jusqu'à ce que sa jambe fût fatiguée.

Des larmes coulaient aux yeux de Philibert. Etait-ce donc cela, la vie? Etait-ce donc pour cela qu'un enfant devait honorer son père aussi longtemps qu'il vivrait? Philibert n'avait pas envie d'honorer son père. Il ne l'honorerait pas jusqu'à la fin de ses jours. Il partirait bientôt comme tous les adolescents du village. Les adolescents partaient du village parce qu'ils ne voulaient plus honorer leurs pères jusqu'à la fin de leurs jours. Philibert savait ce qu'il voulait devenir le jour où il partirait... Et il ne reviendrait pas avant d'avoir oublié les coups reçus au derrière. Comme ces coups, pensait-il, ne doivent pas s'oublier, il ne reviendrait jamais, peut-être.[26]

— Tu es un enfant et tu as une bouche de l'enfer; le diable t'habite. Mon fils, c'est un diable vivant. Dieu, protégez-moi, son père, de la damnation éternelle.

Arsène lança à Philibert le plus puissant de ses coups de pied.

— Ce n'est pas la peine de me tuer, rusa Philibert, je ne voulais rien dire de mal. Je voulais te dire que le Christ devait beaucoup souffrir sur sa croix, étendu comme ce cochon.

Arsène répondit par un autre coup de pied. Philibert poursuivit son idée:

— Etre attaché sur une croix, se faire percer le ventre à coups de couteaux, cela ne doit pas être un plaisir.

— Tu blasphèmes encore! Tiens-tu absolument à ce que l'enfer tombe sur nous comme de la neige de feu?

Arsène frappa plusieurs fois son fils résigné. Puis il s'apaisa. Un long silence les paralysa. Le père et le fils étaient dos à dos; ils restèrent quelques instants immobiles, n'osant pas s'abandonner extérieurement aux insultes qu'ils échangeaient en silence. Arsène se résolut à parler. Il ne pouvait rester muet jusqu'à la fin du monde:

— Tu sais, mon fils, que le supplice de la croix se pratique encore aujourd'hui. Et ça doit faire plus mal aujourd'hui que dans les temps anciens parce qu'aujourd'hui nous avons la chair moins coriace.

—— ... (Philibert n'avait rien à dire.)

—— Les Allemands mettent encore des prisonniers sur des croix, insista Arsène.

—— J'aimerais bien voir un Allemand. Je regarderais comment c'est fait, puis je le tuerais.

—— Les Allemands mettent des femmes sur des croix.

—— Pourquoi est-ce qu'ils ne mettent pas des hommes?

—— Les Allemands aiment mieux des femmes sur les croix. Avec des hommes, ils ne pourraient pas faire la même chose.

—— Parce que des hommes leur casseraient des dents...

—— Je crois que je peux te dire, maintenant, tu es assez grand pour comprendre. Je te disais que les Allemands étendent des femmes sur des croix...

—— Oui, tu m'as dit ça.

—— Les femmes sont des femmes, mais les croix ne sont pas des croix...

—— Ah!

—— Les croix, ce sont des lits...

Philibert regardait son père avec de grands yeux étonnés.

—— Les Allemands passent l'un après l'autre sur la femme attachée au lit et abusent d'elle jusqu'à ce qu'elle meure...

—— Qu'est-ce que les Allemands font à la femme?

—— Imbécile, cria Arsène en lui bottant le derrière.

L'enfant, tout à coup, saisit:

—— Corriveau, est-ce qu'il a fait cela, aussi?

Arsène posa sur son fils un regard compatissant:

—— Qu'est-ce que je vais faire de toi? J'essaie de t'éduquer, et puis, sainte Vierge,[27] tu ne veux rien comprendre. As-tu une tête d'oiseau?[28] Corriveau n'a pas fait cela. Corriveau n'est pas un Allemand. Nos soldats ne se conduisent pas comme des Allemands. Nos soldats font la guerre proprement, expliqua Arsène, ils défendent nos droits, notre religion, nos animaux, tout ce qui nous appartient.

Quand Philibert pourrait-il faire la guerre aux Allemands, tuer un Allemand?

—— Corriveau a-t-il abattu des Allemands?

—— Aujourd'hui, ils se tuent sans se voir et sans se voir mourir. En tout cas, s'il en a vu, Corriveau ne pourra pas nous raconter comment.

* * *

Joseph survint, le bras enveloppé dans des guenilles imbibées d'alcool et rougies de sang. Cela commençait à durcir à cause du froid:

— C'est des Anglais, c'est sûr, qui viennent avec Corriveau, annonça-t-il. L'armée a prévenu Anthyme Corriveau. Ils seront sept. Sept Anglais.[29]

— Anthyme a eu raison de m'acheter un cochon entier, constata Arsène.

— Ils seront sept.

— Cela fera beaucoup de monde à essayer de trouver du poil à mon cochon.

— Il y aura sept Anglais, sept soldats anglais. Cela veut dire que six vont porter Corriveau, trois de chaque côté; le septième, c'est le plus important: il donne les ordres. Un soldat ne fait rien, ne pète même pas sans un ordre.[30]

Philibert était émerveillé:

— J'ai hâte de voir des Anglais; je n'en ai jamais vus.[31]

Arsène le regarda à la façon des hommes qui savent tout:

— Les Anglais, mon fils, sont des gens comme tout le monde: les hommes pissent debout et les femmes assises.

Il lui tendit un seau:

— Va demander à ta mère si elle a de l'eau bouillante. Il ne doit plus rester un hostie de poil à ce cochon.

— Vas-tu te dépêcher? cria Arsène.

Philibert courut, le seau à la main, vers la maison, en pensant aux insultes qu'il pourrait dire à de vrais Anglais. Arsène remarqua qu'il y avait du sang dans le pansement de Joseph:

— T'es-tu égratigné, mon bon Joseph?

* * *

*Bralington Station.*[32]

Le train arriva de loin. La locomotive labourait la neige qui recouvrait la forêt. A la gare, on ne le vit pas s'approcher, tant il y avait de givre aux fenêtres. C'est à son cri que l'on sut son arrivée. Le chef de gare se retira dans le hangar dont il fit glisser la porte sur des poulies rouillées afin que les employés y entreposent la marchandise. Dans sa petite gare parfumée par le charbon de bois et le tabac des flâneurs, le chef de gare avait oublié toute cette neige:

— Je veux, jura-t-il, que Dieu change ma mère en cheval à tête de vache si j'ai jamais vu autant de neige dans toute ma vie. Et j'en ai vu.

— De la neige, dit un manutentionnaire, il y en a plus que d'hosties dans tous les tabernacles. Ce matin, je voulais sortir par la porte, comme un homme poli. Eh bien! je ne pouvais pas ouvrir la porte. Elle était bloquée par la neige. De la neige dure. Comme de la glace. Alors, j'ai monté à l'étage, j'ai ouvert une fenêtre, et j'ai sorti par la fenêtre:[33] comme un ciboire de sauvage.[34]

— Moi, dit le chef de gare, je suis un ancien de la Marine Royale.[35] La première fois que je me suis trouvé en face d'une mer, je me suis dit à moi-même: «Ouvre tes yeux, mon Christ, tu n'as jamais vu autant d'eau en même temps.»

— Moi, l'eau, je n'aime pas ça; un verre d'eau, ça me donne le mal de mer. L'eau: c'est maudit. Il y a juste un moyen de ne pas avoir le mal de mer: c'est de mettre de l'alcool dans mon eau.

— Alors, continua le chef de gare qui n'avait pas perdu son idée, aujourd'hui, en voyant toute cette neige, je me suis dit: «Ouvre tes yeux, grand-père, tu n'as jamais vu autant de neige»...

—On ne peut pas plaire à tout le monde, mais les ours blancs doivent être bien heureux.

Le contrôleur surgit dans un nuage de neige soulevée par la rafale. Il tenait dans sa main une montre rattachée à son ventre par une chaînette et il la regardait battre comme si elle avait été son coeur:

— Avec toute cette neige, dit-il, on n'avance pas vite. Nous sommes en retard de deux heures, dix-sept minutes et quarante-quatre secondes.

— Avec toute cette neige, répéta le chef de gare, il y a le danger que les ours blancs descendent du Nord. Cela s'est déjà vu: les ours blancs sont déjà descendus dans des villages. A cause de la neige, ils se pensaient dans leur domaine. Dans ces cas-là, ils dévorent tous les habitants. Les ours blancs n'ont jamais d'indigestion. Quand je naviguais dans la marine...[36]

Le contrôleur n'avait pas le temps d'entendre un autre fragment de l'autobiographie du chef de gare:

— Nous sommes en retard, coupa-t-il. A chaque gare, il faut travailler plus vite: le temps que le train perd, les hommes doivent le regagner.

Des manutentionnaires descendaient des caisses, des colis. Le chef de gare vérifiait s'ils étaient en bon état, si le voyage n'avait pas rompu les ficelles ou défait les emballages. Chaque objet inspecté, le chef de gare inscrivait un petit signe sur une liste qu'il rapprochait de son nez pour pouvoir lire:

— Eaton's? Oui. Mont-Rouge? Oui. Brunswick? Oui. Montréal Shipping? Oui. Klark Beans? Oui. Marini Spaghetti? Oui. Black and White? Oui. Black Horse? Oui. William Scotch? Oui: une, deux, trois, quatre, cinq, six, sept... Corriveau? Corriveau? cria-t-il. Corriveau? Où avez-vous mis Corriveau?[37]

— Corriveau? lui demanda-t-on de l'intérieur du wagon, qu'est-ce que c'est, Corriveau?

— Corriveau: c'est un cercueil.

La voix ordonna dans le wagon:

— Le mort descend ici. Où est-ce que vous avez mis le mort?

— Le sortez-vous? s'impatienta le chef de gare.

— Il n'est plus ici, dit la voix du wagon, il doit être descendu se dégourdir les jambes.

— Il aurait mieux fait de venir m'aider à pelleter, remarqua un employé qui essayait de dégager le quai.

— Le baptême de cadavre,[38] il n'est pas là, se plaignait la voix du wagon. On a toujours des problèmes avec ces morts. J'aime mieux transporter dix vivants qu'un seul mort.

Le chef de gare prit la voix sèche de celui qui a l'autorité:

— Les amis, je ne veux pas que vous fassiez d'erreur avec ce colis-là. Corriveau est à nous. Il va descendre ici. Je veux que Corriveau descende ici avec ses Anglais.

— Ah! soupira l'homme du wagon, soulagé, je comprends. Si vous me parlez des Anglais, tout leur bagage est descendu.

L'homme apparut dans la porte du wagon, triomphant. Le chef de gare cocha sa feuille à l'endroit nécessaire et il rentra dans son bureau.

Par son guichet, il aperçut les calots des soldats assis dans la salle d'attente.

— *Hey! boys*, demanda-t-il, *did you get a nice trip?*

— Pas trop belle, *sir*! répondit l'un des soldats.

— *I understand English, boys. You may speak English. I learned when I was in the Navy...Royal Navy.*

— Toutes les mondes parlent anglaise...dit le même soldat.

— *Where is Corriveau?*

— *What means Corrrllivouuw?*

— *Corriveau is the name of our poor boy, boys.*

— *The man is in there*, dit l'un des soldats, indiquant le cercueil sur lequel ils étaient assis pour fumer une cigarette.

Celui qui était le chef se leva; les six autres soldats se dressèrent d'un seul et militaire mouvement. Ils saluèrent militairement aussi le chef de gare et ils emportèrent le cercueil en laissant ouverte au froid la porte de la salle d'attente.

Le chef de gare grogna:

— On voit par là que les maudits Anglais ont l'habitude d'avoir des nègres ou des Canadiens français pour fermer leurs portes. C'est ce qu'il devait faire, Corriveau: ouvrir et fermer les portes des Anglais.[39]

Un homme maigre, un employé qui avait terminé son travail, marchait d'une fenêtre à l'autre comme s'il avait cherché à voir quelque chose d'important. Il ne se décourageait pas de se heurter toujours au givre opaque. Il marchait avec l'air de savoir où il allait. L'homme arracha le doigt de sa narine.

— La vie, déclara-t-il, n'est pas autre chose que cela: il y a les gros et les petits. Il y a le bon Dieu et il y a moi. Il y a les Allemands et il y avait Corriveau. Il y a les Anglais et il y a nous: toi, Corriveau, moi, tout le monde du village...

L'homme replongea son doigt dans sa narine où il avait fort à faire.

— Corriveau, dit le chef de gare, est notre premier enfant que la guerre nous prend.

L'homme retira le doigt de son nez et le pointa, accusateur, vers le chef de gare:

— Corriveau est plutôt notre premier enfant que les gros nous arrachent. Les gros, moi, je leur chie dessus. Ils sont tous semblables et je leur chie dessus. Ils sont tous semblables: les Allemands, les Anglais, les Français, les Russes, les Chinois, les Japons; ils se ressemblent tellement qu'ils doivent porter des costumes différents pour se distinguer avant de se lancer des grenades. Ils sont des gros qui veulent rester gros. Je chie sur tous les gros mais pas sur le bon Dieu, parce qu'il est plus gros que les gros. Mais il est un gros. C'est tous des gros. C'est pourquoi je pense que cette guerre, c'est la guerre des gros contre les petits. Corriveau est mort. Les petits meurent. Les gros sont éternels.

L'homme remit le doigt dans son nez et recommença sa promenade d'une fenêtre à l'autre, toutes recouvertes de givre.

Le chef de gare allumait sa pipe:

— Si Corriveau était mort ici, dans le village, dans son lit, cela aurait été bien triste pour un tout jeune homme. Mais il est mort dans son habit de soldat, loin du village; cela doit signifier quelque chose...

— Cela veut dire que les gros grossissent et que les petits crèvent.

* * *

Madame Joseph aurait aimé être un chien. Avec des crocs aigus et des jappements furieux, elle aurait dispersé, poursuivi et mordu aux jambes les gamins qui obstruaient la route.

Madame Joseph revenait chez elle. Elle ne pouvait supporter seule la douleur d'être devenue l'épouse d'un homme qui avait coupé lui-même sa propre main, d'un coup de hache. Elle était allée raconter ce malheur à ses voisines. «La vie est pénible, avait-elle dit, les larmes aux yeux; vous mariez un homme[40] et vous vous apercevez que vous couchez avec un infirme. Dans mon lit qu'est-ce que mon Joseph fera avec son moignon?» C'était une bien triste histoire. Les voisines, impuissantes devant ce malheur, promirent toutes de prier pour elle et pour Joseph. D'ailleurs, il n'était pas sûr que Joseph avait mal fait, car il était bien dit dans l'Evangile: «arrache ta main ou bien jette-la au feu».[41] Puisque cela était vraiment dit dans l'Evangile, Madame Joseph était déjà presque consolée.

Elle revenait donc, sur la route de neige[42] que le pas des chevaux et celui des villageois avaient creusée dans la neige accumulée. Elle marchait de son air le plus digne car, derrière les rideaux, on l'observait, dans les maisons, on parlait d'elle et de Joseph.

Les gamins étaient trop occupés à leur jeu pour la voir venir. Divisés en deux équipes, tous armés d'un bâton recourbé selon le jeu de hockey, ils se disputaient un objet, probablement un crottin de cheval gelé, pour le pousser dans le goal de l'adversaire.[43] Les bâtons se levaient, s'abattaient vivement, les joueurs se serraient, se bousculaient, agitaient leurs bâtons qui s'entre-choquaient avec des bruits secs; tout à coup, l'objet était projeté en dehors de la grappe remuante, les joueurs couraient à sa poursuite, échangeaient des crocs-en-jambe, des coups de bâtons, des coups de coude, ils le rattrappaient, tous en même temps, avec des cris, des jurons, et les bâtons s'abattaient, claquaient les uns sur les autres, l'objet de nouveau roulait plus loin sur la neige parmi les hurlements de joie et les jurons de ceux qui avaient raté un point.

Madame Joseph n'osait plus avancer. Elle ne pouvait essayer de faire un détour hors du chemin, dans la neige; elle s'y serait enlisée.

Comment réussirait-elle à passer au travers de cette horde? Crierait-elle: «Laissez-moi passer»? Ils bondiraient sur elle: ils la rouleraient dans la neige et s'amuseraient à voir ses cuisses et à regarder sa culotte. Les cuisses et la culotte de Madame Joseph étaient des lieux de haut intérêt pour les gamins du village. Les autres femmes pouvaient passer dans le chemin en toute quiétude, sans être importunées. Dès que Madame Joseph sortait, les gamins inventaient un nouveau moyen de voir ses cuisses.

— Nous pondons et nous élevons des petits crétins vicieux qui vont toujours préférer le bordel à l'église, songea-t-elle, un peu tristement. Il n'y a pas un de ces gamins qui ne soit l'image parfaite de son père. Nous ne les battons pas assez.

D'un mouvement instinctif, elle serra les cuisses et avança prudemment.

Furieuse tout à coup, elle leva les bras en l'air et descendit les poings sur la tête du gamin le plus proche d'elle. Elle s'empara d'un bâton, frappa au hasard avec une passion violente, en vociférant des menaces:

— Petits crétins! petits vicieux! petits damnés! enfants de cochons! je vais vous montrer, moi, à jouer au hockey.

Madame Joseph arracha un second bâton, les fit tournoyer au-dessus de sa tête et frappa à gauche, à droite, partout à la fois, devant, derrière; ses bâtons atteignaient des nez, des oreilles, des yeux, des têtes. Les gamins furent bientôt dispersés. De loin, ils l'invectivaient:

— Grosses fesses!

— Gros tétons!

— Tu as le visage comme une vache qui marche à reculons!

— Tu ressembles à une sainte Vierge tournée à l'envers!

Madame Joseph leur répondait:

—— Petits vicieux!

—— Petits damnés!

—— Vous êtes bien préparés pour visiter les bordels de la ville![44]

On lui répondait:

—— Si on va au bordel, ce sera pour voir tes filles!

Elle cessa de parler leur langage. Elle ne pouvait les insulter. Ils connaissaient toutes les injures.

—— Nous ne les battons pas assez, regrettait-elle.

Elle s'agenouilla et ramassa l'objet que se disputaient les gamins avec leurs bâtons, la main coupée de son mari. Les doigts étaient refermés et durs comme la pierre. Les coups de bâtons avaient laissé des marques noires. Madame Joseph la mit dans la poche de son manteau de fourrure et elle rentra chez elle en annonçant aux gamins étouffés de rire que le diable les punirait de l'enfer.

* * *

Chez lui, Joseph était assis dans sa chaise, pâle et le visage torturé.

—— J'ai retrouvé ta main, Joseph.

Il regarda sa femme d'un oeil indifférent.

—— Heureusement que je suis passée par là; les enfants jouaient au hockey avec ta main.

Joseph ne disait rien.

—— Si je n'étais pas arrivée à temps, les gamins auraient brisé ta main. Tu devrais me remercier.

Ennuyé par l'insistance de sa femme, il répondit enfin:

—— Que veux-tu faire de ma main? De la soupe?

—— Tu es un feignant.

Joseph regarda sa femme tristement:

—— Il paraît que Corriveau est arrivé à la gare.

Brandissant son bras estropié couronné du bandage tout sanglant:

—— Qu'ils viennent me prendre, maintenant, pour faire leur Christ de guerre! Je leur couperai le zizoui,[45] s'ils en ont un. Je le leur couperai comme j'ai coupé ma main. Je ne ferai pas leur maudite guerre.

Madame Joseph siffla entre ses doigts pour appeler le chien qui s'éveilla et obéit. Par la porte, elle lança la main dans la neige. Le chien se précipita en grognant de satisfaction.

—— Tu crois que ça me réjouit de coucher avec un homme qui n'a qu'une main...

—— J'ai toujours pensé que tu aurais aimé me voir partir à la guerre et ça ne t'aurait pas déplu que j'en revienne comme Corriveau... A un certain âge, toutes les femmes ont envie d'être veuves.

Madame Joseph se planta devant son mari, les poings sur les hanches et lui parla comme si elle lui eût craché à la figure:

—— Un homme qui n'a pas le courage d'aller faire la guerre pour protéger son pays, c'est pas un homme. Toi, tu te laisserais écraser par la botte des Allemands. Tu n'es pas un homme. Je me demande avec quoi je couche.

Joseph murmura doucement entre les dents:

—— Corriveau? Est-ce que Corriveau est un homme?

* * *

La route qui reliait le village et la gare avait disparu dans la neige comme un ruisseau dans une inondation blanche et aveuglante. Personne n'habitait ici. Nulle maison. La forêt engloutie ployait sous la neige étalée à perte de vue qui miroitait de toutes ses dunes, ses remous, ses ombres même; la neige s'arrêtait soudain de vivre, elle était un plâtre blanc et muet.

De l'autre côté de la forêt dont on ne connaissait pas la fin, la neige continuait jusqu'à l'horizon.

Comment auraient-ils pu fuir, ces hommes, courbés sous un cercueil, qui enfonçaient dans la neige jusqu'à la ceinture? Ils étaient six soldats qui portaient le fardeau, trois de chaque côté, et devant, un sergent hurlait des mots pour les presser d'avancer. Chaque pas exigeait un effort. Il fallait d'abord retirer la jambe de la neige qui retenait le pied par une forte succion, puis lever le pied le plus haut possible sans perdre son équilibre, allonger ensuite la jambe et pousser le pied énergiquement, l'enfoncer[46] dans la neige jusqu'à ce qu'elle soit dure, sans perdre l'équilibre et sans que le cercueil ne bouge trop, car tout son poids aurait porté sur l'épaule d'un seul; il fallait se hâter, il était déjà plus tard que ce qui avait été prévu, le sergent était de mauvaise humeur, il commandait vertement ses hommes qui suaient dans cette plaine de neige, sous le cercueil qu'ils portaient sur leurs épaules de la gare au village, ce n'était pas le premier cercueil qu'ils portaient, mais ils n'étaient jamais allés aussi loin que ce jour-là, et à chaque pas, le village, sur la montagne, s'éloignait comme s'il avait dérivé[47] sur la neige à contre-pente.

Les soldats suaient. Leurs vêtements étaient trempés. La sueur dégoulinait en gouttelettes froides dans leur dos. Des sueurs glissaient aussi dans leur visage et gelaient après s'être immobilisées sur le menton dont ils sentaient la peau se tendre. Leurs lèvres doucement avaient été paralysées, elles étaient enflées. Ils n'osaient dire un mot, ni jurer ni rire ni se plaindre tant elles semblaient sur le point de fendre.[48] Leurs chevelures mouillées fumaient. Le froid écorchait leurs mains comme des buissons épineux.

Les soldats ne soupçonnaient même pas qu'une route était cachée sous la neige. Ils marchaient tout simplement comme des bêtes. Ils montaient vers la montagne où ils voyaient des cheminées au-dessus de la neige, dont la fumée leur semblait un baume. Dans ce silence où ne vibrait que le souffle de leurs efforts, ils se souvenaient, courbés sous la fatigue, de leurs maisons qu'ils n'avaient pas revues depuis plusieurs mois.

Sans que le Sergent en ait donné l'ordre, d'un mouvement spontané, ils descendirent le cercueil de leurs épaules et le posèrent.

— *I'm dead hungry*, dit l'un.

Ils reprirent leur fardeau et continuèrent d'avancer dans la neige.

* * *

Occupé à surveiller le déchargement des marchandises, le chef de gare n'avait pas vu descendre du train le soldat Bérubé accompagné de Molly, sa femme, qu'il ramenait de Terre-Neuve.[49] Quelle surprise cette arrivée causerait-elle! Il n'avait prévenu sa famille ni de son arrivée ni de son récent mariage. Ses lettres ne racontaient rien. Bérubé ne disait, au fond, qu'une chose: il ne pouvait rien raconter de sa vie de soldat, ni de la guerre, et il ne savait ce qui lui arriverait le lendemain. Il se tenait prêt à tout, écrivait-il. Sa mère ne pouvait lire une ligne de lui sans éclater en sanglots: qu'elle était pénible cette guerre où un fils ne pouvait raconter à sa mère l'histoire de sa vie.

Bérubé était responsable de l'entretien des toilettes dans l'aile G du bâtiment B, à la base d'aviation de Gander,[50] Terre-Neuve. Bérubé y avait appris la langue anglaise. Il la parlait aussi bien que tous les autres laveurs de toilettes fussent-ils Polonais, Italiens, Hongrois ou Grecs.[51]

En attendant l'avion qui le conduirait à Montréal où il monterait dans un train, Bérubé décida de passer à l'*Aviator Hotel*. Avant même qu'il ait demandé quelque chose au bar, une main douce effleura son dos et une voix insinuante:

— *Come with me, darling.*

— *Darling?*

— *Come...*

— *By the way, where are you going?*

— *To my bedroom...*

— *O.K. Let's go!*

Bérubé suivit la fille. De la voir marcher devant lui, de voir ses hanches se balancer dans la jupe étroite, d'y deviner les fesses bien sculptées, Bérubé avait les jambes qui voulaient s'endormir; le tapis du couloir lui devenait tout cahoteux. Il avait la sensation que chaque pas de la fille et le mouvement de son corps serraient autour de lui des liens invisibles. Il se hâtait car elle marchait vite. Quand il lui posa une main sur une fesse et qu'elle ne la lui enleva pas, il fut débarrassé de sa désagréable paralysie et fut tout à coup très sûr de lui et même un peu froid.

— Tu es un bien beau bébé, chérie!

— *What did you say?*

— *Be a good girl.*

La fille tourna la tête vers lui, tira, en riant, la langue et elle repoussa la main de Bérubé. Elle ouvrit la porte de sa chambre.

— *Shut the door!* ordonna-t-elle.

Puis, faisant sa voix plus caressante, elle dit:

— *Give me five dollars. Take off your clothes.*

Bérubé arracha fiévreusement sa vareuse, s'assit sur le lit pour déboutonner sa chemise. Il tremblait: il avait la sensation que le lit était chargé d'électricité. Il ouvrit sa braguette, retira son pantalon qu'il lança sur une chaise. Il tourna la tête vers Molly. Par quelle pudeur lui montrait-elle le dos pour se dévêtir? Bérubé voulait voir une fille nue.

— *Hey! look at me*, dit-il.

Bérubé sentait qu'il était ridicule de rester sur un lit quand une fille se déshabillait de l'autre côté, mais il n'osait se mettre debout: la fille se moquerait de ce qui lui était arrivé. Il restait assis et rougissait.

— *Come, darling!*

La fille était devant lui, nue. Elle avait gardé son soutien-gorge rempli à se déchirer. Elle tendit les bras à Bérubé qui était incapable de se lever, de bondir vers cette fille nue, de l'attraper[52] dans ses bras, de la serrer violemment, puis de la lancer sur le lit. Bérubé se sentait complètement veule,[53] comme lorsqu'il buvait trop d'alcool. Dans sa tête, il entendait un tic-tac comme des coups de tambour. «Toujours, jamais», répétait cette monstrueuse horloge, qui avait marqué les heures de son enfance, l'horloge de l'enfer, qui durant toute l'éternité dit: «Toujours, jamais»: les damnés sont pour toujours en enfer, ils n'en ressortent jamais: «Toujours, jamais». Sous l'horloge, Bérubé voyait les visqueuses cavernes de l'enfer où rampaient les serpents mêlés aux flammes éternelles, et il voyait les damnés nus étranglés par les flammes et les serpents, «Toujours, jamais», scandait l'horloge de son enfance, l'horloge de la damnation éternelle dont souffrent ceux qui se mettent nus et ceux qui touchent à des femmes nues, «Toujours, jamais» sonnait l'horloge et Bérubé ne put s'empêcher de supplier:

— *Do you want to marry me?*[54]

— *Yes*, répondit la fille à qui on n'avait jamais posé cette question.

— *What's your name?*

— *Molly*

— *Oh! Molly, I want you be mine*, dit Bérubé, se levant et marchant vers elle.

Ils s'embrassèrent. Molly se laissa renverser sur le lit, et le mariage fut célébré.

Puis ils se rhabillèrent. Bérubé la conduisit en taxi chez le *Padre*,[55] pour se confesser et recevoir le sacrement. Le *Padre* n'hésita pas à leur donner sa bénédiction.

Avant de prendre l'avion vers Montréal, Bérubé et Molly allèrent acheter une robe de mariée qu'elle tint à revêtir immédiatement.[56]

* * *

Molly grelottait dans sa longue et bouffante robe blanche que le vent voulait lui arracher.

Les voitures à cheval ni les autos-neige[57] n'avaient pu se rendre à la gare cueillir les voyageurs. Bérubé dit simplement:

— Molly, monte sur mes épaules. *Get on my back*, nous prendrons les valises un autre jour.

Ils commencèrent de monter vers le village. Bérubé creusait péniblement son passage dans la neige qui lui montait jusqu'à la poitrine. A cause de la dentelle blanche qui lui chatouillait le visage et à cause, surtout, des cuisses chaudes de Molly qu'elle serrait contre ses joues, Bérubé avait le désir de la basculer dans la neige et de bondir sur elle, mais cela aurait froissé sa robe, cela aurait enneigé Molly; en arrivant au village, on aurait vite deviné ce qui s'était passé et l'on se serait amusé de l'impatience de Bérubé.

C'est pourquoi, dans la neige, Bérubé essayait de ne penser à rien pour ne pas penser aux cuisses de Molly, à ses seins plus gros qu'une belle pomme, à ses fesses sous la robe blanche. Mais il n'était pas possible de ne penser à rien, on a toujours une image à l'intérieur de la tête, ou bien une sensation, ou bien le souvenir d'une image ou d'une sensation, ou bien un désir. Une sensation de chaleur, la bonne chaleur des cuisses de Molly, de son ventre, la chaleur entre les seins de Molly embuait les idées de Bérubé, jetait dans sa tête et devant ses yeux un brouillard qui l'étourdissait. Il ne savait plus s'il marchait toujours dans la bonne direction, il n'apercevait plus le village sur la montagne et la neige était profonde comme la mer. Bérubé ne pouvait plus penser à autre chose qu'à la bonne chaleur de Molly, et cette chaleur circulait sur son corps comme une main caressante, et même la neige qui se pressait contre ses jambes, contre son ventre, contre sa poitrine, avait la chaleur du corps de Molly, assise sur ses épaules et silencieuse comme pour ne pas le distraire de sa douce obsession.

Bérubé s'efforça de penser à une vache, à un avion, au naufrage d'un grand bateau, le *Satanique*,[58] dont on lui avait raconté l'histoire, à la moustache d'Hitler, aux toilettes qu'il avait nettoyées et lavées durant des mois; dans sa tête régnait une image, une image qui cachait derrière elle le reste de l'univers: Bérubé voyait, comme pour la première fois, Molly, debout, près du lit, nue, ses seins jaillissant du soutien-gorge, puis il pensait au plaisir qu'il avait eu. Ah! son plaisir avait été si intense qu'il en avait pleuré comme un enfant.

Bérubé, complètement enlisé, ne pouvait plus s'arracher à la neige, il ne pouvait plus avancer son pied, il avait le vertige de ce qu'il vivait, il fit tomber Molly, sauta sur elle, attrapa sa bouche entre ses lèvres, il l'aurait mordue, il palpait violemment ses seins.

— *Oh!* se plaignait Molly qui se débattait.

Elle réussit, après une lutte tenace, à libérer un bras, et donna une gifle: «De véritables animaux, ces *French Canadians indeed.*»[59]

— Je ne voulais pas que tu froisses ma robe, dit-elle pour s'excuser.

Il ne répondit rien. Il avait décidé simplement de l'abandonner là, dans la neige. Il se releva. Libre du fardeau sur ses épaules, la neige l'embarrassait moins; il s'en alla. Molly ne l'appela pas. De toute façon, il n'aurait pas répondu à son appel. Une petite pointe tiède le chatouillait à la commissure des lèvres. Il mit le doigt. C'était du sang:

— La bon Dieu de Vierge![60]

Il ramassa une poignéee de neige et tamponna sa blessure.

— Qu'elle gèle toute droite debout dans la neige, la Vierge. Je ne laisserai pas une femme me casser la gueule: pas une putain, pas une Anglaise. Pas une Anglaise. Qu'elle gèle là, la Vierge.

Bérubé se retourna pour voir se réaliser son souhait. Presque confondue avec la neige à cause de sa robe blanche, Molly agitait les bras pour appeler son mari, mais elle se taisait. Bérubé, après avoir un instant savouré son triomphe, cria:

— Gèle là, si tu veux.

Plus bas, au pied de la montagne, Molly aperçut un groupe d'hommes qui transportaient sur leurs épaules une longue boîte. Elle était sauvée:

— Ce *French Canadian* a mis du sang sur ma robe.

Bérubé arriva seul au village où il apprit la mort de Corriveau.

* * *

Les commères disaient:

— Depuis qu'Amélie a deux hommes dans la maison, elle doit être rassasiée.

Amélie avait commencé à préparer le repas. Elle était seule dans la maison. Sur le feu de bois, les marmites chantaient en parfumant la cuisine. Elle avait envie d'un homme. Arthur était sorti... Henri était au grenier. Elle sourit. En une longue caresse, elle glissa ses mains sur sa poitrine et lentement sur son ventre et ses cuisses. Elle se redressa, alla à la cuisinière, souleva le couvercle des marmites d'où jaillit l'odeur de la viande rôtie; pignochant de sa fourchette, elle vérifia le degré de cuisson du gigot, le retourna, replaça le couvercle et monta au premier étage. Amélie avait besoin d'un homme.

Etait-ce au tour d'Henri ou à celui d'Arthur? Qui avait couché avec elle la dernière fois? Ses deux hommes exigeaient qu'elle tienne une comptabilité rigoureuse; ce lui était bien difficile.

Amélie désirait un homme et dans quelques minutes, la viande brûlerait sur le feu ardent. Elle prit le balai, et, selon le code, elle frappa au plafond. L'on bougea au grenier, les malles lourdes furent tirées, la trappe s'ouvrit.

—— Quoi? demanda Henri d'une voix empâtée par le sommeil.

—— Amène-toi, j'ai besoin de toi.

—— Pourquoi?

—— Dépêche-toi, je ne peux pas attendre qu'Arthur revienne.

—— Pourquoi? répéta Henri, peu convaincu.

—— Déshabille-toi et viens!

—— Ce n'est pas mon tour, dit-il en baîllant. Je ne veux pas profiter de l'absence d'Arthur.

Amélie avait déjà défait les boutons de sa robe. Henri sauta du grenier. Il commença à détacher son pantalon.

—— Dépêche-toi, ordonna Amélie, qui se hâtait vers son lit. J'ai de la viande sur le feu.

—— «Dépêche-toi», répéta Henri, c'est facile à dire: on n'est pas toujours prêt.

Il acheva de se déshabiller: il sortait de ses vêtements comme d'un taillis de ronces.

—— Quel temps fait-il aujourd'hui? demanda-t-il à Amélie déjà étendue dans le lit.

—— C'est l'hiver comme hier...

—— Je sais bien. Je sais bien que c'est l'hiver. Le froid me dévore dans le grenier.

—— C'est bien de ta faute: si tu avais voulu faire la guerre, tu ne serais pas obligé de te cacher dans un grenier où tu as froid. Dépêche-toi. Dégèle.

—— Il n'y a pas une maudite fenêtre dans mon grenier. Et les fentes du plafond sont calfeutrées par la glace. Alors je sais que c'est l'hiver.

—— Dépêche-toi. Tu peux garder tes chaussettes de laine... Ne te plains pas inutilement. Si tu étais moins bien dans ton grenier qu'à la guerre, tu irais à la guerre. Viens.

Amélie se fit soudainement douce:

—— Et puis, dit-elle en souriant, tu n'es pas toujours au grenier...

Sa voix fut caressante:

—— N'est-ce pas, Henri...

Henri avait fini de se déshabiller. Plutôt ennuyé par cette tendresse et curieux de voir le village, il se dirigea vers la fenêtre, écarta le rideau. La vitre était obstruée de givre. Il avança la bouche et expira longuement. Sous la chaleur de l'haleine, le givre fondit un peu, puis Henri gratta du bout de son ongle.

— Henri! supplia Amélie, impatiente.

Il continua de gratter le givre jusqu'à ce qu'il pût voir. Il colla l'oeil à ce petit trou. Qu'est-ce qui venait sur la route?

— Amélie, il y a quelque chose dans le chemin.

— Si tu ne viens pas, Henri, je vais faire une colère.

Amélie s'agitait dans son lit. Henri continuait de gratter le givre:

— Viens voir, Amélie, ce que je vois.

— Henri, si tu ne viens pas tout de suite sur moi, tu seras longtemps sans mettre tes fesses dans mes draps.

— Viens ici, que je te dis.[61]

— Persuadée par autant d'insistance, Amélie se leva et vint à la fenêtre. Henri lui céda son poste d'observation. Elle regarda longtemps, en silence, puis elle se recula. Henri regarda de nouveau.

Un soldat tenait un clairon au bout de son bras tendu horizontalement. Derrière lui, suivait un cercueil porté par six autres soldats et enveloppé dans un drapeau. Une dame en robe blanche de mariée escortait le cercueil. Le cortège se fermait sur les gamins du village qui, bâtons de hockey sur l'épaule, marchaient avec solennité.

Ils passèrent devant la maison d'Amélie et disparurent vers l'autre bout du village.

— C'est Corriveau, dit Henri.

— Oui, c'est Corriveau qui revient.

Amélie retourna s'allonger dans son lit. Son mari l'y accompagna.

Leur étreinte fut de plus en plus violente et, un instant, sans qu'ils osent se l'avouer, ils s'aimèrent.

* * *

La porte était étroite. Il ne fut pas facile d'introduire le cercueil dans la maison. Les soldats étaient mortifiés de ne pouvoir respecter la symétrie de leurs mouvements. La porte de la petite maison des Corriveau n'avait pas été faite pour qu'y passe un cercueil. Les porteurs le déposèrent dans la neige, calculèrent dans quel angle il pourrait passer, étudièrent de quelle manière ils devaient se placer autour, discutèrent, finalement le Sergent donna un ordre, ils reprirent le cercueil, c'était lourd, ils l'inclinèrent, ils le placèrent presque sur le cant,[62] ils se firent le plus minces possible et ils réussirent à entrer, hors d'haleine, épuisés.

— Laissez-le maintenant, grogna le père Corriveau. C'est assez qu'il soit mort; vous n'avez pas besoin de le balancer comme ça.

Cette porte ouvrait sur la cuisine. Au milieu, il y avait une grande table de bois familiale.

— Mettez-le là, dit la mère Corriveau, sur la table. Et mettez-lui la tête ici, à ce bout-ci de la table. C'est sa place. Comme cela, il se sentira moins dépaysé.

Les soldats anglais ne comprenaient pas ce langage que les vieux parlaient. Ils savaient que c'était du *French*, mais ils en avaient rarement entendu.

— Sur la table, répéta le bonhomme Corriveau.

Les porteurs reprirent le cercueil sur leurs épaules et ils cherchaient des yeux où le placer.

— Sur la table, ordonnait la mère Corriveau.

Les Anglais haussaient les épaules pour exprimer qu'ils ne comprenaient rien. Le bonhomme Corriveau allait se mettre en colère. Il dit très fort.

— Sur la table: on le veut sur la table.

Le Sergent eut un sourire. Il avait compris: il donna un commandement. Les soldats obéissants se tournèrent vers la porte, ils allaient sortir le cercueil.

Le bonhomme Corriveau courut devant la porte et, les bras ouverts, il leur barra le passage.

— Vieux pape de Christ![63] Ils sont venus nous le prendre de force,[64] ils nous l'ont fait tuer sans nous demander la permission et maintenant, il va falloir le leur enlever à coups de poings.

Le bonhomme, rouge de colère, menaçait du poing le Sergent qui se demandait pourquoi tout le monde ne parlait pas *English* comme lui.

— Vieux pape de Christ!

— *Put it on the table*, dit Molly qui, après avoir soigneusement secoué la neige de sa robe, entrait.

— Qu'est-ce qu'elle vient faire ici, celle-là, dit la mère Corriveau. C'est notre mort à nous.

Quand elle vit les soldats obéir à Molly, la mère Corriveau accepta sa présence, et lui demanda, avec un air de reconnaissance au visage:

— Dites-leur d'enlever cette couverture car il va avoir trop chaud, notre petit.

Molly traduisit. Les soldats lancèrent un regard courroucé à la mère Corriveau qui avait osé appeler «couverture» le drapeau britannique.[65] La vieille femme ne se doutait pas qu'elle avait offensé l'Angleterre, et elle aurait été ébahie si quelqu'un lui avait dit que cette «couverture» était le drapeau pour lequel son fils était mort. Si quelqu'un le lui avait dit, elle aurait baisé le drapeau comme elle baisait chaque soir ses reliques de la tunique de Jésus-Christ à vingt-trois ans.

Le Sergent prit la décision de n'avoir pas entendu l'offense. Les soldats plièrent le drapeau, le Sergent souffla dans son clairon une plainte qui fit trembler les vitres des fenêtres et pleurer les villageois déjà rassemblés autour de Corriveau. La voix du clairon avait abasourdi Anthyme Corriveau qui, dans une réaction nerveuse, avait laissé tomber sa pipe. Il jura contre ses dents cariées qui ne savaient plus retenir sa pipe. A vingt ans, Anthyme Corriveau avait des dents dures qui savaient émietter un verre, le mâcher. Maintenant ses dents pourries étaient le signe qu'il avait tous les os aussi pourris. Il était si vieux, Anthyme, que ses fils commençaient à mourir. «Quand les fils commencent à vous laisser, vous n'avez pas un long temps avant d'aller les retrouver.»

— Anthyme, dit sa femme, va chercher ton tournevis. Je veux voir si la figure de notre garçon a été bien massacrée ou bien s'il a su se protéger le visage, comme je le lui conseillais. Dans chacune de mes lettres, je lui disais: «Mon enfant, pense d'abord à te protéger le visage. Un homme unijambe, ou sans jambe même, est moins affreux pour une femme qu'un homme qui n'aurait qu'un oeil ou pas de nez». Quand il me répondait, le cher enfant me disait toujours: «Je me protège bien le visage.» Anthyme! je t'ai demandé le tournevis. Je veux qu'on ouvre le cercueil.

Molly, pratiquant son métier, avait appris quelques mots français — les *French Canadians* de Terre-Neuve aimaient beaucoup Molly. Elle expliqua, selon ce qu'elle comprenait, la volonté des Corriveau. Le Sergent dit:

— *No! No! No! No!*

Ses hommes agitaient la tête pour dire «*no*» aussi. La mère Corriveau empoigna la main du Sergent et serra de toute sa force: elle aurait voulu la lui écrabouiller comme un oeuf. Le Sergent, avec une force courtoise, se libéra. Son visage était tout pâle, mais il souriait.

Le Sergent avait pitié de ces *French Canadians* ignorants qui ne connaissaient même pas le drapeau de leur pays.

— Anthyme Corriveau, tu vas prendre ta carabine et sortir de ma maison ces maudits Anglais. Ils m'ont arraché mon fils, ils me l'ont fait tuer, et maintenant, ils m'empêchent de le voir. Anthyme Corriveau, sors ta carabine et tire-leur entre les fesses s'ils en ont.

Elle sanglotait, écrasée par le plus lourd désespoir. Le père Corriveau rallumait sa pipe. Il n'y avait, en ce moment, rien de plus important que de réussir à rallumer sa pipe.

— Anthyme, criait la mère Corriveau, si tu ne veux pas te servir de ta carabine, donne-leur des coups de pied. Et commence tout de suite. Après, tu iras chercher ton tournevis...

— Vieille pipe de Christ. Demande-moi aussi souvent que tu voudras de m'apporter le tournevis, je ne me rappelle plus où je l'ai rangé la dernière fois que...

— Anthyme! Vide la maison de ces maudits Anglais!

Le père Corriveau éteignit son allumette dont la flamme lui mordait les doigts. Il parla après avoir fumé quelques bouffées:

—— La mère, on ne peut rien faire. Que tu le voies ou que tu ne le voies pas, notre garçon est parti...

La mère Corriveau dit simplement:

—— Nous allons prier.

Son mari lui avait rappelé la plus évidente vérité: «Nous ne pouvons rien faire», avait dit Anthyme. Toute une vie leur avait appris qu'ils ne pouvaient rien faire... La mère Corriveau n'était plus en colère et elle avait dit d'une voix douce:

—— Nous allons prier...

Elle s'agenouilla, son mari l'imita, puis les villageois qui étaient venus, puis Molly, en prenant soin de ne pas froisser sa robe de mariée. La vieille femme commença la prière, cette prière qu'elle avait apprise des lèvres de sa mère qui la tenait de sa propre mère:

—— Notre-Dame des fidèles défunts: qu'il repose en paix parmi les saints du Seigneur.[66]

Les sept soldats s'agenouillèrent: la vieille femme en fut si étonnée qu'elle ne trouva plus la suite de ses formules.

—— Anthyme, grogna la mère, au lieu de te laisser distraire pendant que ton fils brûle dans le feu du purgatoire, tu ferais mieux de prier pour lui. Tes prières lui rendraient ses souffrances moins longues. Puis, quand je pense à la manière dont tu l'as éduqué, je ne sais plus s'il est au purgatoire ou bien en enfer. Il doit être plutôt en enfer. En enfer...[67]

Elle fut étranglée par les sanglots. Anthyme reprit, en ses mots d'homme qui avait dû prier chaque fois que sa femme l'avait menacé de l'enfer:

—— Que le Seigneur des fidèles défont les lunes en paix dans la lumière du paradis...

Tous répondirent:

—— Amen.

—— Je vous salue Marie, pleine et grasse, le Seigneur avez-vous et Benédict et toutes les femmes et le fruit de vos entailles, Albanie.[68]

—— Amen.

L'incantation fut reprise plusieurs fois. Tout à coup, Anthyme Corriveau fut seul à prier. Personne ne répondait plus à ses invocations. Que se passait-il? Il continua de prier, mais il ouvrit les yeux. Tous regardaient sa femme perdue dans un rêve heureux. Elle souriait.

La bonne Sainte Vierge avait fait comprendre à son coeur de mère que son fils était au ciel. Tous les péchés de son fils, ses jurons, ses blasphèmes, les caresses qu'il avait faites aux filles du village et surtout aux filles des vieux pays où il avait fait la guerre, ses soirs d'ivrogneries où il se promenait dans le village en jetant ses vêtements dans la neige, ces soirs où, torse nu et ivre, son fils levait le poing vers le ciel en criant: «Dieu, la preuve que tu n'existes pas, c'est que tu ne m'écrases pas ici, immédiatement»; tous ces péchés de Corriveau étaient pardonnés; la bonne Vierge l'avait inspiré à sa mère.[69]

La main de Dieu, ces soirs-là, si elle n'écrasait pas Corriveau, pesait sur le toit des maisons. On n'oublierait pas ces nuits d'alcool au village, mais Dieu les avait pardonnés à Corriveau. Sa mère sentait en son âme la paix qui était celle, maintenant, de son enfant. Son fils avait été pardonné parce qu'il était mort à la guerre. La vieille sentait en sa conscience que Dieu était obligé de pardonner aux soldats morts à la guerre.

Son fils avait revêtu la robe immaculée des élus.[70] Il était beau. Il avait un peu changé depuis son départ à la guerre. Une mère s'habitue à voir ses enfants ressembler de plus en plus à des étrangers. Mourir transforme un visage, aussi. La mère Corriveau voyait son fils parmi les anges. Elle aurait aimé qu'il baisse les yeux vers elle, mais il était tout absorbé par une prière qu'il murmurait en souriant. La vieille pleurait, mais c'était de joie. Elle se leva:

—— Enlevez mon fils de la cuisine et transportez-le dans le salon. Nous allons manger. J'ai fait vingt-et-une tourtières au porc...[71] Anthyme, va me déterrer cinq ou six bouteilles de cidre.

* * *

L'on déplaça les meubles pour libérer un mur contre lequel le cercueil fut placé. Devant, l'on disposa les chaises en rangées, comme à l'église. Anthyme était allé au hangar chercher de gros tronçons de merisier qui firent de solides pieds au cercueil. La mère Corriveau sortit de ses tiroirs toutes ses bougies et ses chandelles, les bénites et les autres. Les bénites avaient protégé la famille, lors des soirs de tonnerre et d'éclairs véhéments; les autres servaient tout bonnement d'éclairage lorsque les tempêtes ou le verglas arrachaient les fils électriques.[72] Les soldats se placèrent au garde-à-vous. Anthyme, avec d'autres villageois, s'installa devant eux et tout à coup s'endormit comme chaque fois qu'il s'asseyait. La mère Corriveau bourrait de bois sa cuisinière car elle n'aurait pas assez de vingt-et-une tourtières:

—— Quand il y a un mort dans la maison, les demeurants doivent manger pour ceux qui sont partis...

Les villageois, même ceux qui n'avaient pas parlé aux Corriveau depuis dix ans ou plus, «tout le monde», comme disait Anthyme, arrivait en vêtements noirs ou allait venir.

—— Nous venons dire une petite oraison pour que son âme ait le *requiescat in pace.*[73]

A genoux, les mains jointes sur le cercueil, Molly priait. Quelle prière pouvait-elle dire, elle qui ne savait que parler en anglais? «Elle doit prier son bon Dieu, le bon Dieu des Anglais, pensait Anthyme. Mais, il n'y a pas de place pour deux bons Dieux. Le bon Dieu des Anglais et celui des Canadiens français ne doit pas être le même; ce ne serait pas possible. Eux, les Anglais protestants, sont damnés; alors il ne peut pas y avoir un bon Dieu pour les damnés de l'enfer. Elle ne prie pas; elle fait seulement semblant de prier.»[74]

La mère Corriveau interrompit un instant ses travaux pour observer Molly:

— Je n'ai pas pensé de lui demander,[75] mais elle pourrait être la femme de notre fils... Mon garçon s'est peut-être marié durant un petit moment où il n'y avait pas de guerre. Il nous a peut-être annoncé son mariage dans une lettre qui a été bombardée par les Allemands. On ne peut pas savoir: cette guerre tourne la vie à l'envers. En tout cas, si elle est la femme de notre garçon, nous allons la garder avec nous comme notre propre fille... Je lui parlerai de cela plus tard. Ce n'est pas des questions qui se posent facilement à une petite fille nouvellement mariée, quand il y a un mort dans la maison et que ce mort l'a mariée quelques jours auparavant.

Pour se tenir éveillé, Anthyme s'était levé, et s'appuyait dans l'embrasure de la porte. Il contemplait Molly à l'endroit où ses seins — il aurait fallu les deux mains d'Anthyme pour en contenir un seul — gonflaient le corsage, et sa taille qui annonçait des fesses à faire perdre la tête à un homme. Regarder Molly le rajeunissait, le reposait de la mère Corriveau engloutie dans sa graisse.

Soudainement, la porte d'entrée fut ouverte d'un coup de pied qui ébranla la maison: elle avait été presque arrachée. Tous se retrouvèrent, la prière sur la lèvre, à la cuisine. Sur le seuil, un soldat se tenait debout, paralysé devant ces gens qu'il reconnaissait, et qui étaient pâles, apeurés. C'était Bérubé.

— Je suis venu prendre ma femme, expliqua-t-il. On m'a dit que Molly est ici avec des maudits Anglais.

Il avait parlé presque poliment.

— Elle est là, indiqua la mère Corriveau, tout à coup soulagée que Molly n'ait pas été la femme de son fils. Ne mets pas tes pieds sales sur le tapis. Puis, avant d'entrer dans une maison, on demande la permission.

— Je m'excuse.

— Ne dis pas ça, voyou. Quand tu étais un gamin, tu disais: «Excusez-moi», c'était le signe que tu allais revenir et faire un plus mauvais coup encore.

Molly avait entendu, mais elle ne s'était pas retournée. Elle restait seule avec Corriveau, agenouillée. Bérubé bondit vers le salon, saisit Molly par le bras, la secoua, et de l'autre main lui donna des gifles:

— Putain!

Molly n'essayait pas de se protéger.

— Quand on est mariée, on ne fait pas de charme[76] aux morts ni aux vivants.

Molly saignait du nez. Sa robe serait tachée.

— Je vais t'expliquer que tu es ma femme et non pas une putain.

Il frappait de ses deux mains. Molly s'écroula, coincée entre le pied du cercueil et le mur. Bérubé recula sa grosse botte de cuir pour frapper.

— *Atten...tion!!!* tonna la voix gutturale du Sergent.

Bérubé se mit au garde-à-vous. Ses deux talons s'étaient collés l'un contre l'autre en claquant; Bérubé n'était plus qu'une pelote de muscles obéissants. Le Sergent qui avait aboyé marcha vers Bérubé, lui enfonçant un regard d'acier dans les yeux. Bérubé attendait les coups. Le Sergent, à deux pas de Bérubé, lui envoyait sa respiration dans le visage. Bérubé avait l'impression que ses yeux fondaient et dégoulinaient sur ses joues. En réalité, il pleurait. Il pleurait d'impuissance. Bérubé était incapable d'attaquer le Sergent, lui déboîter la mâchoire, lui noircir les yeux, le faire saigner.

Après un long affrontement silencieux, le Sergent dit:

— *Dismiss.*

Bérubé tourna les talons et Molly le suivit en s'accrochant à son bras. La mère Corriveau les retint au moment où ils allaient sortir:

— Moi, je ne veux pas que vous ne restiez pas avec nous. Je ne veux pas que vous vous en alliez dans la neige. Même les chiens ne sortent pas à cette heure. Je vous offre la chambre de mon garçon, il n'en a plus besoin pour dormir.

Arrivée dans la chambre, Molly s'arracha de sa robe.

— Putain de femme, dit Bérubé en retirant son pantalon.

Il riait. Déshabillé, il s'allongea contre elle, ils s'embrassèrent, le monde tournoya autour d'eux; ils furent un instant heureux.

Brusquement, Bérubé ouvrit les yeux et dit:

— Corriveau ne doit pas aimer que nous nous amusions à faire l'amour dans son lit.

* * *

La nuit assombrissait la neige. Les flammes des bougies et des chandelles dansaient sur le drapeau qui recouvrait le cercueil. Le salon était rempli de villageois et de villageoises serrés les uns contre les autres. Les soldats s'étaient rangés en ligne contre le mur, immobiles, droits, le regard tourné vers Corriveau, silencieux. Tous priaient, marmonnaient des «Mère-de-Dieu», des «sauvez-nous-pécheurs», des «à-l'heure-de-ma-mort», ils répétaient inlassablement des «pardonnez-les-fautes-mortelles», des «accueillez-le-z-au-royaume-du-Père» et des «*requiescat-in-pace*», ils ronronnaient leurs

«Dieu», leurs «amen», leurs «Saint-Esprit», leurs «délivrez-le-des-griffes-du-Malin».[77] Prononçant ces prières, ils commençaient de regretter l'absence de Corriveau, ils regrettaient de ne pas l'avoir aimé quand il était parmi eux, avant la guerre, ils priaient bien fort comme si Corriveau avait pu les entendre, reconnaître leurs voix, comme si leurs prières avaient pu faire plaisir à Corriveau sous son drapeau britannique. Les villageois vivaient, ils priaient pour se le rappeler, pour se souvenir qu'ils n'étaient pas avec Corriveau, que leur vie n'était pas terminée et, tout en croyant prier pour le salut de Corriveau, c'est leur joie de vivre qu'ils proclamaient en de tristes prières. Plus ils étaient heureux, plus ils priaient, et les petites flammes sur le cercueil de Corriveau vacillaient, dansaient comme si elles avaient voulu se libérer de leurs mèches, l'ombre et la lumière jouaient sur le mur, se bousculaient en faisant des dessins étranges qui voulaient peut-être dire quelque chose; l'air agitait un peu le drapeau; il semblait que Corriveau allait se lever. L'on priait, l'on murmurait, l'on chuchotait, l'on terminait des prières, l'on recommençait, l'on avalait ses mots pour prier plus vite, pendant que dans sa cuisine, la mère Corriveau battait à coups de poings la pâte de ses tourtières, et la sueur lui coulait dans le dos, sur le front, dans les yeux, elle s'essuyait avec ses mains farineuses, elle avait le visage blanc de farine et la sueur coulait dans la farine, elle arrêtait une goutte de sueur qui la chatouillait entre ses seins, et elle recommençait à préparer sa pâte qu'elle remuait, qu'elle allongeait, qu'elle tordait, et sur la cuisinière, la viande de porc crépitait dans sa graisse bouillante.

—— Ne vous dépensez pas trop, mère Corriveau.

—— Quand on a un mort dans la maison, il ne faut pas que la maison sente la mort.

Elle ouvrit le four. La croûte dorée chuchota à son contact avec l'air et répandit dans la cuisine un parfum qui réveilla la faim. Un à un, les villageois se levèrent, abandonnant leurs oraisons et Corriveau; ils passèrent dans la cuisine. La mère Corriveau les accueillait avec une assiette dans laquelle elle avait placé un quart de tourtière sous une sauce faite de pommes, de fraises, de myrtilles, de groseilles mélangées. Anthyme, lui, tendait un verre qu'il remplissait de cidre mousseux. Depuis des années, il fabriquait son cidre au moment de l'automne où, disait-il, «le vent va égratigner les pommes» puis, il enterrait ses bouteilles au sous-sol. Elles restaient enfouies longtemps, longtemps. Ses enfants devenaient des hommes, et les bouteilles demeuraient sous la terre. Parfois, lors des grands jours,[78] Anthyme, parcimonieusement, tirait une bouteille, et vite, il remplissait le trou pour que, disait-il, «la lumière du cidre ne se sauve pas». Durant des années, le cidre d'Anthyme se chargeait des forces merveilleuses de la terre.[79]

Une bouteille dans chaque main, Anthyme Corriveau cherchait des yeux les verres vides. Quand le verre était rempli, le vieillard avait le sourire du Dieu créateur.

Pendant que, dans le salon, la marée des prières s'apaisait, l'on parlait, l'on riait, l'on discutait dans la cuisine; l'on mangeait, l'on buvait, l'on était heureux, sous l'oeil attendri de la mère Corriveau qui, de temps en temps, essuyait une larme venue à la pensée que son fils était aimé par tant de personnes: non seulement des gens du village, mais aussi l'armée, qui avait envoyé une délégation de sept soldats parce que son fils avait donné sa vie à la guerre. Tant de gens réunis pour pleurer son fils: la mère Corriveau ne pouvait avoir plus belle consolation. Elle n'aurait pas cru que son fils était tant aimé...

L'on mangeait, l'on priait, l'on avait soif, l'on avait faim, l'on priait, l'on fumait, l'on buvait. Devant eux, ils avaient la nuit à passer.

—— Tu ne me feras pas croire qu'il n'y a que des hommes comme ceux-là en ville.

—— Veux-tu dire que si nos garçons partent d'ici pour aller travailler à la ville, ils deviennent des hommes sessuels?

Le troisième se moucha trop énergiquement; il eut des larmes plein les yeux:

—— Hé! Oubliez-vous que c'est la guerre? Nos garçons ne partent plus pour la ville.[80]

Le premier tenait à son histoire:

—— Je vous assure que je ne mens pas...

Le père Anthyme arriva avec ses bouteilles de cidre et remplit leurs verres.

—— Je vous assure, poursuivit le premier, que j'en ai déjà vu deux...[81]

—— Deux quoi?

—— Deux hommes sessuels. Quand je suis allé en ville. Deux hommes sessuels qui poussaient[82] une voiture d'enfant.

Les trois villageois riaient à ne plus pouvoir se tenir debout, ils étouffaient, ils gloussaient, ils pleuraient, ils allaient crever, ils étaient rouges, ils cessèrent de rire. Le premier reprit son histoire.

—— Deux hommes sessuels. Quand j'ai aperçu leur voiture d'enfant, je me suis approché. Je ne pouvais pas croire qu'ils promenaient un enfant. J'ai regardé dans la voiture; il y avait un petit homme sessuel![83]

Les deux autres étaient vraiment étonnés:

—— Des choses se passent aujourd'hui qu'on n'aurait pas crues il y a seulement trente ans.

—— On ne sait même plus s'il y a un bon Dieu. Il y en a qui disent que s'il y avait un bon Dieu, il n'aurait pas permis la guerre.

—— Mais il y a toujours eu des guerres, à ce qu'il paraît.

—— Alors, cela veut dire qu'il n'y a peut-être jamais eu de bon Dieu.

— Tu pourrais parler d'autre chose, proposa Louisiana qui avait entendu même si elle papotait dans un autre groupe. Cela prend du toupet: dire qu'il n'y a pas de bon Dieu pendant qu'un petit garçon du village se fait rôtir au purgatoire...

La femme de celui qui avait raconté l'anecdote avait entendu aussi:

— Si tu continues de blasphémer, je te ramène à la maison et dans le lit, ce sera les mains sur les couvertures.

Douze villageois au moins s'amusèrent de la menace et burent du cidre.

L'homme pris en défaut indiqua du nez le salon, il pointa le doigt vers Corriveau:

— La grosse, si c'était ton fils qui était là, croirais-tu qu'il y a un bon Dieu?

— J'y croirais parce qu'il est partout, même dans la tête des idiots comme toi.

— Comme tu dis, le bon Dieu serait dans tes gros tétons.

Anthyme vint lui servir du cidre. L'homme but son verre d'un seul trait.

— Je ne dis pas qu'il n'y a pas de bon Dieu. Je ne dis pas qu'il y en a un. Moi je le sais pas. Si Corriveau l'a vu, qu'il lève la main. Moi, je ne sais pas.

Le père Corriveau qui l'écoutait ébahi, avec ses deux bouteilles de cidre, n'avait rien à dire. Il remplit le verre.

— Ce n'est pas mon enfant, dit l'homme, qui est dans le cercueil, c'est le tien, Anthyme.

— Mais oui, il ne faut pas que tu aies de la peine, dit Anthyme à l'homme qui pleurait, c'est mon garçon, ce n'est pas le tien.

— Ce n'est pas mon garçon qui est dans le cercueil, mais je me demande: s'il y a un bon Dieu, pourquoi s'acharne-t-il à envoyer des enfants dans ces boîtes? Pourquoi, Anthyme?

— Un vieillard dans un cercueil, moi, je trouve que c'est aussi difficile à regarder qu'un jeune homme...

Anthyme aussi pleurait.

Les villageois étaient fort gais:

— Hé! Hé! rit l'un d'eux, j'ai déjà vu de belles fesses, de belles! (Ce n'était pas celles de ma femme). Alors, j'ai pensé en moi-même: «S'il y a de si belles fesses sur la terre, qu'est-ce que ça doit être au ciel!»

— Quel ravage Corriveau va faire! Vivant, il était un coq![84]

— Père Anthyme, nous n'avons plus de cidre.

La mère Corriveau tira d'autres tourtières du four. Toute la maison était un four qui sentait la tourtière au lard grasse et dorée. A travers ce parfum flottaient des «salut pleine et grasse», des «entrailles ébénies», des «pour nous pauvres pêcheurs» et des «repas éternel»,[85] entremêlés aux forts nuages de tabac. Il fallait passer la nuit. Les soldats se tenaient au garde-à-vous, contre leur mur. Les jeunes filles avaient des distractions pendant leur prière: elles oubliaient les mots de leurs avés[86] pour admirer comme est beau un soldat au garde-à-vous. Qu'ils étaient beaux, ces Anglais qui n'avaient pas de joues au poil dur et dru, mais de belles joues blondes[87] où il aurait été bon de poser les lèvres.

Il n'était pas humain qu'ils restent ainsi toute la nuit figés, raides, immobiles. Ce n'est pas une position quand on est vivant. Les Corriveau allaient leur offrir ou du cidre ou de la tourtière au lard. Mais les soldats refusaient tout ce qu'on leur offrait.[88]

— Pourquoi ne boiriez-vous pas un petit verre de cidre? demandait Anthyme.

— Prenez donc un petit morceau de ma tourtière au lard, minaudait la mère Corriveau.

Les Anglais ne bougeaient pas, ne répondaient même pas «*no*» du bout des lèvres.

— Ils méprisent notre nourriture, songeait Anthyme.

La mère Corriveau trouvait que les rires étaient trop généreux:

— Vous allez me réveiller mon fils.

— Voulez-vous un petit verre de cidre, proposait Anthyme qui remplissait le verre avant d'avoir eu une réponse.

L'on priait dans le salon: «Jésus-Christ», «ainsi soit-il», «sauvez-nous», «le feu éternel», l'on priait en escamotant des syllabes, des mots, l'on se hâtait à réciter ses prières, plus vite l'on priait, moins longtemps Corriveau resterait dans les flammes du purgatoire; et, s'il était condamné aux flammes éternelles de l'enfer, peut-être les prières adouciraient-elles le feu.[89]

Dans la cuisine, l'on parlait:

— Moi, je parie mon chien que grimper une femme trois fois par jour, sans compter les nuits, cela brise un coeur.

— Il vaut mieux se tuer à grimper sa femme qu'à travailler.

— Cochon!

Celui qui avait lancé l'accusation était célibataire. L'autre l'accusa:

— J'aime mieux ceux qui grimpent leurs femmes que ceux qui s'amusent tout seuls comme les célibataires.

Le célibataire avait l'habitude de cette accusation:

— Je préfère grimper les femmes des hommes mariés.

Les villageois s'esclaffèrent, l'on rotait, l'on avalait une gorgée de cidre et, sans renouer leurs cravates, ils passèrent, d'un commun accord, dans le salon, afin de prier. Ceux qui étaient dans le salon se levèrent et se déplacèrent vers la cuisine où la mère Corriveau n'en finissait pas de caresser ses tourtières au lard, ni Anthyme Corriveau de remplir des verres de cidre.

—— Écoutez, je vais vous en raconter une bonne.

—— Je n'ai pas l'habitude de prêter mon oreille aux mots sales, assura le père Anthyme qui avait envie d'entendre l'histoire. Mais ce soir, rire un peu me fera oublier ma triste tristesse. Avoir perdu mon garçon me fait autant souffrir que si l'on m'avait arraché les deux bras. C'est pire, même. Je me revois, un matin de printemps. Il était entré à la maison bien après le premier soleil. Sa chemise était ouverte. Elle était tachée de sang. Une chemise blanche. Il avait la lèvre grosse comme mon poing. L'oeil gauche (ou droit) était fermé, tant il était enflé. Je me suis placé dans le cadre de la porte de sa chambre et j'ai dit: nous ne discuterons pas; retourne d'où tu viens et ne remets plus les pieds dans la maison, ivrogne. Il est parti. Et il nous est revenu aujourd'hui.

Anthyme Corriveau ne pouvait plus parler; il sanglotait. Sa femme le regardait, durement, comme celle qui ne se laissera pas attendrir.

—— Il a trop bu, le vieux vicieux. Il jetait ses fils à la porte sans s'apercevoir qu'ils lui ressemblaient. Il sert le cidre à tout le monde, mais il ne s'oublie pas. Il profite de la mort de son fils pour s'adonner à l'ivrognerie qui rend l'homme semblable à la bête. Vieille canaille, tu es soûl.

—— Je suis triste, ma femme, je n'ai jamais été aussi triste.

—— Allez, père Anthyme, donnez-moi un peu de cidre et ne pleurez pas. Ce que le bon Dieu vous enlève, il vous le rendra au centuple.

—— A mon âge, vous savez bien que je ne peux pas me faire un autre garçon. Pas avec ma femme, en tout cas...

—— Buvez un peu, père Anthyme, et écoutez mon histoire.

—— Ma femme ne veut pas que je boive.

—— Vous êtes trop triste. C'est un malheur d'être triste autant que vous l'êtes. Il faut vous distraire un peu. Ecoutez celle-ci, elle est bien bonne... Une fois c'était...

Le raconteur mit son bras autour des épaules d'Anthyme Corriveau et raconta sur un ton assez confidentiel pour attirer les curieux:

—— Une fois, c'était une jeune fille de la ville qui était venue chez moi: une cousine. Elle m'avait demandé de traire une vache. Assieds-toi sur le petit banc, que je lui dis[90]; tu sais quoi faire? —— Oui. Je passe à autre chose. Je reviens, cinq minutes plus tard. Elle était toujours assise à côté de la vache. Elle chatouillait du bout des doigts les pis, elle les caressait tendrement. Veux-tu me dire ce que tu fais là? que je lui demande. —— Je les fais durcir, mon oncle!

L'on rit lourdement, l'on rit à s'étrangler, l'on se battait les cuisses, l'on se bousculait, l'on n'avait jamais entendu une histoire aussi drôle. Anthyme avait les larmes aux yeux, mais de rire, maintenant, il était tellement secoué par son rire qu'il renversait du cidre sur le parquet:

—— Vous me faites mourir, disait-il.

Et il passa à un autre groupe où la soif était grande. Dans le salon, sur le cercueil de Corriveau, la flamme des bougies était tenace.

Anthyme Corriveau se retrouva, après avoir servi à boire, en face du raconteur d'histoire, orgueilleux du succès dont il se délectait encore:

— Père Anthyme, cette histoire m'a été racontée par votre garçon. Il doit la rire avec nous.[91]

— Oh! dit Anthyme, il ne doit pas avoir envie de rire.

* * *

La mère Corriveau n'arrêtait pas de cuire des tourtières au lard. La sueur l'avait trempée comme si elle avait passé sous un orage. Elle se démenait autour de la cuisinière. Quelque chose tout à coup lui piqua un sein. Elle enfonça la main dans sa poitrine. Elle avait oublié, dans son chagrin, la lettre que lui avait remise en arrivant le Sergent.

— Anthyme, ordonna-t-elle en tirant la lettre d'entre ses seins, viens ici. J'avais oublié.

Elle brandit la lettre.

— Viens ici. J'ai reçu une lettre de mon garçon.

— De notre garçon, rectifia Anthyme. Ouvre-la. Vite.

A cause de cette lettre, Corriveau était vivant. Ils oubliaient que leur enfant était couché dans son cercueil. La vieille déchira fébrilement l'enveloppe. Ce n'était pas vrai qu'il était mort, puisqu'il écrivait. Cette lettre corrigeait la vie. Les villageois, d'un groupe à l'autre, se répétaient que les Corriveau avaient reçu une lettre de leur fils, ils continuaient de rire, de manger, de boire, de prier. La mère Corriveau commença à déchiffrer lentement cette lettre que l'on avait trouvée dans la poche de son fils:

> — Bien chers parents,
> Je vous écrirai pas longtemps car je dois garder mon casque d'acier sur la tête et si je pense trop fort, la chaleur pourrait ramollir mon casque qui ne me protégerait plus très bien. Les chaussettes que maman m'a envoyées sont vraiment très chaudes. Donnez-moi des nouvelles de mes frères. Y en a-t-il qui se sont fait tuer? Quant à mes soeurs, elles doivent continuer à laver de la vaisselle et des couches.[92] J'aime mieux recevoir des obus dans le derrière plutôt que de penser à tout cela. J'ai gagné une décoration; c'est agréable. Plus on a de décorations, plus on se tient loin des Allemands. (La mère Corriveau reprit, en insistant, ce passage). J'ai gagné une décoration...

Le père Corriveau, émerveillé, arracha la lettre des mains de sa femme et proclama en bousculant tout le monde:

—— Mon garçon a gagné une décoration! Mon garçon a mérité une décoration!

De tous les coeurs, du fond des coeurs de ceux qui priaient et du fond des coeurs de ceux qui déjà étaient ivres, monta un hymne qui fit vibrer le plafond:

«Il a gagné ses épaulettes
Maluron malurette
Il a gagné ses épaulettes
Maluron maluré.»[93]

* * *

Finalement, l'on s'empiffrait aussi dans le salon. Le drapeau qui recouvrait le cercueil de Corriveau était devenu une nappe sur laquelle on avait laissé des assiettes vides, des verres, et renversé du cidre.[94]

Assis sur la table de cuisine, ou appuyé contre un mur à cause de l'équilibre difficile, l'assiette dans une main, le verre de cidre dans l'autre, la graisse de tourtière dégoulinant sur le menton et sur les joues, ou bien la tête échouée sur un tas de vaisselle graisseuse, ou bien soutenu par le montant de la porte ouverte sur la neige et le froid, essayant de vomir le vertige, ou bien les deux mains sur les fesses généreuses d'Antoinette, ou bien essayant de transpercer du regard la laine ajustée sur les seins de Philomène, l'on mangeait de la tourtière juteuse au salon, dans l'odeur des bougies qui allaient s'éteindre et l'on priait dans l'odeur lourde de la cuisine, l'odeur de la graisse à laquelle se mêlait celle de la sueur de ces hommes et de ces femmes.[95]

L'on priait:

—— Sainte-Marie pleine et grasse, le seigneur, avez-vous? Entrez toutes les femmes...[96]

Ces gens ne doutaient pas que leur prière serait comprise. Ils priaient avec toute leur force d'hommes, toute leur force de femmes accoucheuses d'enfants. Ils ne demandaient pas à Dieu que Corriveau revînt[97] sur terre; ils imploraient tout simplement Dieu de ne pas l'abandonner trop longtemps aux flammes du purgatoire. Corriveau ne devait pas être en enfer. Il était un enfant du village, et il aurait semblé injuste, à ces villageois, qu'un de leurs enfants fût condamné aux flammes éternelles. Plusieurs méritaient peut-être un très long purgatoire, mais personne ne méritait vraiment l'enfer.[98]

Amélie était venue avec Arthur, pendant qu'Henri, son déserteur de mari, était resté tapi dans son grenier, bien protégé par des malles lourdes glissées sur la trappe:

—— Au purgatoire, le feu fait moins mal qu'en enfer. On sait que l'on peut sortir du purgatoire; on pense à cela pendant que l'on brûle. Alors le feu mord moins fort. Prions donc pour que le feu du purgatoire purifie Corriveau... Je vous salue Marie...

Amélie mettait bout à bout ses prières, des formules apprises à l'école, des réponses de son petit catéchisme,[99] et elle sentait qu'elle avait raison.

— Prions encore une fois, dit-elle.

Comment une femme qui menait une vie malhonnête avec deux hommes dans la maison pouvait-elle être si pieuse? Comment pouvait-elle expliquer les choses surnaturelles de la religion et de l'enfer avec tant de sagesse? Malgré sa vie impure, Amélie était bonne. Des occasions comme ce soir-là étaient heureuses, se disait-on: il fallait des morts et des enterrements de temps en temps pour se rappeler la bonté des gens. Les villageois ressentaient une grande douceur dans l'âme: il n'était pas possible qu'il y eût un enfer. Dans les imaginations imbibées de cidre et de lard, les flammes de l'enfer étaient à peine plus grosses que les flammes des bougies sur le cercueil de Corriveau. Ces flammes ne pouvaient brûler toute l'éternité, tous les feux que l'on connaissait s'éteignaient après un certain temps, les feux d'abattis[100] comme les feux de bois ou le feu de l'amour; une flamme éternelle ne semblait pas possible, il n'y a que Dieu d'éternel, et comme Corriveau était un enfant du village où les gens sont bons malgré leurs faiblesses, il ne resterait pas longtemps au purgatoire; on le sortirait à force de prières et peut-être même était-il sorti maintenant?

— *Memento domine domini domino...*[101]

— *Requiescat in pace!*

La mère Corriveau n'arrivait pas à remplir les assiettes toujours tendues vers elle comme des becs affamés; Anthyme, au sous-sol, déterrait de nouvelles bouteilles de cidre.

Les Anglais étaient au garde-à-vous, impassibles: des statues. Leurs yeux même ne bougeaient pas. On ne les remarquait plus. Ils faisaient partie du décor comme les fenêtres, les lampions,[102] le crucifix, le cercueil, les meubles. Si quelqu'un les avait observés de proche, il aurait remarqué une moue de dédain à la pointe de leurs narines et aux commissures de leurs lèvres:

— Quels sauvages, ces *French Canadians*!

Ils ne bougeaient ni ne se regardaient. Ils étaient de bois. Ils ne suaient même pas.

Mains dans les poches, le derrière appuyé contre le cercueil, Jos et Pit causaient:

— Ce sacré Corriveau, j'aimerais savoir à quoi il pense dans son cercueil, avec toutes ces femmes qui rôdent autour de lui.

— Il y a beaucoup de femmes qui vont pleurer à son enterrement.

— Il y a plusieurs femmes qui vont rêver la nuit à un fantôme aux mains douces.

— Moi, je mettrais la main dans la merde qu'il a déshabillé au moins vingt-deux femmes qui sont ici: Amélie, Rosalia, Alma, Théodélia, Joséphine, Arthurise, Zélia...

— Qu'est-ce que cela lui donne? trancha Jos; maintenant Corriveau est couché entre ses quatre planches, tout seul. Il ne se lèvera plus.

— Albinia, continua Pit, Léopoldine, Patricia, puis ta femme...

— Qu'est-ce que tu dis, Calvaire?[103]

— Je te dis la vérité.

Avant d'avoir prononcé la dernière syllabe, Pit reçut un coup de poing sur les dents. Il tomba à la renverse, parmi les assiettes et les verres, sur le cercueil de Corriveau. Les soldats s'avancèrent d'un même pas, ils empoignèrent les deux hommes, les jetèrent par la porte ouverte, dans la neige, et revinrent reprendre leur poste.

L'on entendait les cris des deux ennemis qui hurlaient de douleur et leurs blasphèmes dans l'air froid. Pendant qu'ils s'entre-déchiraient, l'on priait pour le salut de Corriveau.

— Donnez-lui le salut éternel. Pardonnez-lui ses offenses.

L'on cessa de manger. L'on n'osa plus porter un verre à ses lèvres. Tous priaient. L'hiver redevint silencieux.

— Ils se sont tués, gémit une femme.

Les deux hommes apparurent dans l'embrasure de la porte, visage sanglant et bleu, enneigés, les vêtements déchirés. Ils se tenaient embrassés.

— Ce n'est pas la peine de se battre si Corriveau n'est pas de la bataille, expliqua Pit.

Ils se dirigèrent vers Corriveau:

— Tu as manqué une Vierge de belle bataille, dit Jos.

Pit mit deux doigts dans la bouche. Il lui manquait quelques dents.

— La paix vaut bien un verre de cidre! proclama Anthyme.

* * *

Molly regardait dormir Bérubé, la tête sur sa vareuse repliée en guise d'oreiller. Elle s'était réveillée parce qu'elle avait froid. Elle se pressa contre sa poitrine. La chaleur de cet homme endormi était bonne. Bérubé ronflait. A chaque expiration, il enveloppait la figure de Molly d'une haleine qui sentait le scotch et la saucisse pourrie...

— Comme cela pue: un homme qui dort...

Elle détourna le visage pour ne pas recevoir cette odeur désagréable sous le nez, mais elle resta collée à lui, chair contre chair. Elle glissa son bras sous l'épaule de Bérubé, pressa un peu plus encore sa poitrine contre celle de Bérubé comme si elle avait voulu confondre ses seins avec son torse dur. Le sexe de Bérubé s'éveilla doucement. Auprès de Bérubé, anéantie par un vertige brûlant, elle aurait voulu se jeter en lui comme en un gouffre sans fond. L'on riait au rez-de-chaussée, l'on y priait aussi, et, sous son drapeau, Corriveau était mort, il ne rirait plus jamais, il ne prierait plus jamais, il ne mangerait plus, il ne verrait plus la neige,[104] il ne verrait plus jamais une femme, il ne ferait plus l'amour. Molly, de toute sa bouche, baisa la bouche endormie, elle aurait voulu lui arracher son souffle, Bérubé s'agita un peu, Molly sentait sa chair s'éveiller, s'arracher au sommeil, elle soupira:

— *Darling, let's make love.* J'ai peur que tu meures aussi.

Bérubé remua, grogna, péta.

— *Let's make love, please!*

Bérubé roula sur Molly.

C'est la mort qu'ils poignardèrent violemment.

* * *

Trois petits coups soudains, frappés à la fenêtre du salon au-dessus du cercueil de Corriveau, donnèrent un frisson. Les villageois se turent, écoutèrent. Quand quelqu'un mourait, il se passait chaque fois des événements inexplicables. L'âme des morts était désireuse de ne pas quitter la terre. Rien maintenant ne troublait le silence. Les villageois tendaient l'oreille. Ils n'entendaient que leur respiration rauque à cause de la peur. Le froid tordait les poutres, dans les murs qui geignaient.[105] Le silence était aigu à couper une gorge.

Trois autres petits coups vibrèrent à la fenêtre. Les villageois s'interrogeaient du regard. Ils ne s'étaient pas trompés. Ils avaient bien entendu. Les hommes enfoncèrent les mains dans les poches en raidissant le torse avec un air de défi. Les femmes se pressèrent contre les hommes. Moins affolé, Anthyme dit:

— Il se passe quelque chose à la fenêtre.

Anthyme tira le rideau qu'on n'ouvrait jamais. La nuit était descendue depuis longtemps. Elle était très noire, derrière la fenêtre. Les villageois avaient les yeux rivés sur ce gouffre.

— S'il y a eu un bruit à la fenêtre, c'est qu'il y a quelqu'un, raisonna la mère Corriveau. Regarde mieux, Anthyme, et pas les yeux fermés.

— Ce n'est peut-être pas quelque chose de visible, proposa une femme.

Une ombre bougea tout à coup dans l'ombre. Anthyme prit une bougie sur le cercueil et l'approcha de la fenêtre. La lumière éclaira d'abord le givre qui étincela. Au centre du carreau, la vitre était libre, mais Anthyme n'y apercevait que son image reflétée. L'on frappa de nouveau.

— Vieille pipe de Christ,[106] jura-t-il, si vous voulez entrer, passez par la porte...

Une petite voix, de l'autre côté de la fenêtre, essaya de se faire plus forte que le vent:

—— Vous ne me reconnaissez pas? demandait-elle.

—— Vieille pipe de Christ, si tu te faisais voir, je te reconnaîtrais peut-être... As-tu honte de ta face?

—— Ouvrez! implorait la petite voix. C'est moi.

—— Vieux pape du Christ, tu ne vois pas la différence entre une fenêtre et une porte...

Anthyme grimpa, les deux pieds sur le cercueil de son fils.

—— Ouvrez...

—— Ouvrir, répéta Anthyme! Baptême! Ce n'est pas l'été.

—— C'est moi! Je suis Esmalda.

—— Esmalda! Vieille pipe du petit Jésus! Esmalda! C'est ma fille Esmalda, qui est religieuse, expliqua Anthyme. C'est notre petite religieuse! Entre, ma petite Memelda![107]

—— La sainte règle de notre communauté me défend d'entrer dans la maison paternelle.

—— Ma petite Esmalda! se pâma la mère Corriveau, ma petite Esmalda que je n'ai pas revue depuis ce matin où elle est partie avec sa petite valise qui ne contenait que son chapelet et qui m'avait laissé une boucle de ses cheveux, de beaux cheveux blonds, que j'ai accrochée sous les pieds du Christ, sur le crucifix.[108] (Elle pleurait de joie; elle frottait ses yeux pour essuyer les larmes.) Ma petite Esmalda! Notre petite sainte!

Les villageois se mirent à genoux et inclinèrent la tête.

—— Je ne peux pas entrer dans la maison paternelle.

—— Vieille pipe de Christ! je voudrais bien voir quelqu'un qui t'empêcherait d'entrer dans la maison de ton père...

—— ...et de ta mère; viens te chauffer. Et j'ai fait des bonnes tourtières au lard... Ne reste pas dehors.

—— Mais je dois obéir...

—— Je suis ton père: si tu ne m'avais pas eu, les bonnes soeurs de ta communauté ne pourraient pas te défendre d'entrer chez moi.

—— Je dois obéir.

—— Vieux pape!...

Sa femme lui coupa la parole:

—— Anthyme, tu ne comprends rien aux choses saintes!

Le visage d'Esmalda, rapproché du carreau, son haleine et sa voix, sa chaleur, avaient agrandi un cercle dans le givre. On devinait mieux son visage encore noyé dans la nuit.

—— Je voudrais prier pour mon frère. Ouvrez la fenêtre.

—— Entre par la porte, cria Anthyme. Nous sommes contents de te voir. La fenêtre ne sera pas ouverte. Ce n'est pas l'été. Si tu ne veux pas te donner la peine d'entrer pour voir ton petit frère mort à la guerre, reste dehors et retourne avec celles qui te demandent de dédaigner ceux qui t'ont mise au monde.

La mère Corriveau s'interposa:

— Anthyme, va chercher le tournevis et le marteau. As-tu envie de refuser l'hospitalité à une petite soeur de Jésus?

En se servant du tournevis comme d'un coin qu'il enfonçait à coups de marteau dans l'interstice entre la fenêtre et le cadre,[109] Anthyme entreprit d'arracher la fenêtre à la glace. Malgré le marteau et les coups d'épaule, la fenêtre restait assujettie.

Arsène et Jos rejoignirent Anthyme sur le cercueil. A trois, ils arrachèrent la fenêtre comme se déchire un tissu.

Un souffle froid s'abattit dans le salon. Le visage de la religieuse apparut, sous la cornette, chiffonné par la lumière des lampions.

— Il est doux de revenir chez ses parents, déclara la religieuse: mort ou vivante.[110]

Trempés de sueur, les villageois maintenant grelottaient. La sueur devenait glace dans leurs dos.

La tête de la religieuse était immobile. Un sourire mince dévoilait des dents aiguës.

— Qui est mort? Qui est vivant? Le mort peut être vivant. Le vivant peut être mort.

Les villageois se signaient.

— Le péché peut avoir tué celui qui vit. Qui est sans péché? La grâce, don de Dieu, peut avoir ressuscité celui qui est mort. Qui a la grâce de Dieu?

Esmalda se tut. Elle regardait les villageois assemblés devant le cercueil de Corriveau. Sur chacun, elle posa un long regard pour bien le reconnaître. Elle ne les avait pas vus depuis de nombreuses années, depuis son adolescence. Elle constatait combien le temps avait été vorace, combien il avait ravagé les gens de son village. Quand elle avait reconnu quelqu'un, elle souriait moins parcimonieusement. On n'oublierait plus ce sourire.

— Tous ensemble, les hommes peuvent damner une âme, dit-elle; tous ensemble, ils ne peuvent sauver une âme damnée. Tous ensemble, les hommes peuvent conduire l'un des leurs derrière cette porte qui ne s'ouvre qu'une fois et derrière laquelle l'éternité est du feu; mais, tous ensemble, les hommes ne peuvent faire admettre l'un des leurs dans le royaume du Père.[111]

— Je vous salue Marie, implora une voix qui avait le ton d'un dernier cri avant le naufrage.

Les villageois reprirent en choeur:

— Le Seigneur est avec vous, ayez pitié de nos pauvres pécheurs...[112]

La religieuse attendit que l'oraison fût terminée; puis elle dit:

— Je ne vous demande pas d'ouvrir le cercueil pour voir mon frère. S'il est damné, je ne reconnaîtrais pas son visage de damné, de démon torturé; s'il est sauvé, je ne suis pas digne d'apercevoir son visage d'ange choisi par Dieu.

—— Je vous salue Marie...lança une autre voix, comme si elle avait voulu chasser ce qu'on avait entendu.

—— Pardonnez les pécheurs!

La religieuse courba la tête au-dessus de son frère, elle se recueillit un instant, elle pria en silence, puis elle leva les yeux vers les villageois:

—— Tous les hommes vivent ensemble, mais ils suivent des chemins différents. Or, il n'y a qu'un seul chemin: celui qui mène vers Dieu.

Les dents cariées de la religieuse transperçaient son sourire un peu triste:

—— Qu'il est doux de revenir parmi les siens!

Elle se retourna et elle disparut dans la nuit et la neige.

—— C'est une sainte! s'exclama la mère Corriveau.

—— Fermons vite cette fenêtre, dit Anthyme.

* * *

Etendant les bras pour expliquer combien long[113] était le cochon qu'il avait tué pour Anthyme et que l'on dévorait, haché, dans les tourtières de la mère Corriveau, Arsène heurta maladroitement son voisin: le verre à sa main éclata et déchira la joue d'Arthur. Le sang gicla. Arthur tamponna la blessure avec la manche de son costume. Amélie lui retint le bras:

—— Arthur, ne va pas me salir ton costume du dimanche! Les marques du sang restent.

Arthur refusa de s'asseoir. Il restait debout, au centre de la cuisine. Les villageois faisaient cercle autour de lui pour regarder le sang couler. Arthur était sidéré de voir tant de sang jaillir d'une si petite coupure. Il avait la sensation de se vider, comme une bouteille, de son contenu. Dès qu'il faisait le geste de porter la main à sa blessure pour ralentir, par une pression, le flot du sang, Amélie rabaissait son bras. Il s'étonnait que le sang fût si rouge. Etourdi, il remettait la main sur sa blessure, le sang brûlait ses doigts, coulait sur sa main, son poignet, son costume.

—— C'est un vrai bébé, disait Amélie: je lui dis de ne pas mettre ses mains dans son sang et il ne peut pas résister.

Anthyme arriva avec une serviette. Il l'imbiba de cidre:

—— Le cidre est très bon pour le sang.

—— Arthur saigne comme le cochon qu'il a tué![114]

—— Au lieu de rire, ordonna Amélie, apportez plutôt de la neige.

Quelques hommes sortirent et revinrent avec des tas de neige dans les mains. Amélie s'occupa d'en appliquer sur la blessure d'Arthur qui grimaça à cause du froid. Toute rouge de sang, la neige tombait sur le parquet et fondait. Arsène, l'auteur de la blessure, ne savait que s'excuser gauchement:

— Si j'avais frappé un peu plus fort, on t'enterrait avec Corriveau.

Arsène ricana. L'on rit. Arthur et Amélie avaient les vêtements rouges de sang. Rassemblé autour d'eux, l'on contemplait tout ce sang:

— Arthur ne voulait pas aller à la guerre, mais il est aussi beau qu'un beau blessé de guerre.

— Taisez-vous, implora une femme.

— Un beau blessé n'est pas aussi triste qu'un beau mort à la guerre, précisa la mère Corriveau qui, après l'accident, était retournée à sa pâte dans laquelle tomba une larme, et à ses tourtières qui grésillaient dans le four.

Arsène insista:

— Voir tant de beau sang rouge et une figure si bien estropiée, moi, me donne des remords de n'être pas allé à la guerre. Arthur me donne envie d'aller à la guerre. Il me semble qu'avoir à ses pieds un Allemand qui perd tout son sang de maudit Allemand, cela doit satisfaire un homme. Mais il paraît que nos soldats ne voient pas les Allemands quand ils perdent leur sang. Nos soldats lancent des petits coups de fusil, puis ils se cachent aussitôt, pissant dans leurs culottes de peur d'avoir attrapé un Allemand, parce que les Allemands savent se défendre.

— Fermez vos grandes gueules, hurla une voix démente qui pétrifia les villageois.

— Fermez vos gueules, répéta la même voix, plus calme.

* * *

Bérubé apparut dans l'escalier, le torse nu, le visage plat comme s'il n'avait pas eu d'yeux, nu-pieds, son pantalon kaki trop large et sa braguette ouverte.

— Vos gueules!

Personne ne desserrait les lèvres. Ses cris avaient étouffé les rires et les prières. Les hommes n'osaient poser leurs verres et leurs assiettes en vue d'une belle bataille. Les chapelets étaient immobilisés entre les doigts des femmes. Bérubé descendit la dernière marche de l'escalier en se boutonnant. On laissa le passage libre, reculant devant lui. Il posa son calot sur ses cheveux en désordre. Il bouscula quelques ventres, quelques mamelles et se trouva devant Arsène tout convulsionné: son rire était bloqué dans sa gorge. Bérubé empoigna Arsène par le veston. Les boutons volèrent, l'étoffe éclata. Les villageois étaient de glace.

— Calice de ciboire d'hostie! Christ en bicyclette sur son Calvaire![115] Tu trouves qu'on s'amuse à la guerre? Gros tas de merde debout! La guerre est drôle? Je vais te faire comprendre ce qu'est la guerre. Tu vas rire.

Pendant qu'il éructait ses blasphèmes, Bérubé frappait Arsène au visage, («maudit ciboire de Christ!») non pas du poing, mais de sa main ouverte, et le gros visage d'Arsène se tordait sous la douleur. Bérubé avait les yeux rouges, la grosse tête d'Arsène se balançait selon les coups, («cochon de tabernacle!»), le veston était en pièces, la chemise déchirée, Bérubé aboyait.

— Oh! dit Zeldina, j'ai pissé par terre...

— Ferme ta gueule ou je te fais lécher le plancher!

Il poussa Arsène contre un mur, il le secoua à ébranler la maison.

— Ah! disait-il, les soldats s'amusent bien à la guerre! C'est amusant, la guerre. Vous ne connaissez rien d'autre que le cul de vos vaches qui ressemblent à vos femmes. C'est drôle, la guerre... Vous vous amusez quand Corriveau est là dans son cercueil; il ne peut plus rire, il ne pourra jamais plus rire, jamais plus rire, crucifix...

Bérubé ne pouvait plus crier, ni blasphémer, ni parler. Une colère aiguë l'étreignait à la gorge, ses yeux brûlaient, il éclata comme un enfant en sanglots.

Etait-il le diable en chair et en os? Terrifiés, les villageois ne priaient plus.

Arsène, voulant profiter de l'attendrissement de Bérubé pour s'esquiver, risqua de bouger un pied. Ce mouvement ne déclencha aucune réaction: Bérubé ne l'avait pas remarqué. Alors Arsène s'élança. Déjà Bérubé l'avait repris: l'étau de ses mains lui serrait la tête:

— La guerre est amusante, n'est-ce pas, grosse merde? Je vais faire un homme de toi. En avant, marche!

Bérubé le poussa, le bouscula vers le miroir accroché au mur de la cuisine. Les villageois se dispersèrent, s'écrasèrent les orteils, cassèrent verres et assiettes, répandant du cidre sur les robes et les vestons. Bérubé aplatit la figure d'Arsène contre le miroir:

— On s'amuse à la guerre, n'est-ce pas? C'est drôle un homme qui a le visage en sang, comme une fraise des champs écrasée...Ris! il n'y a rien de plus drôle que la guerre!

Arsène n'osait bouger un pore de sa peau.

— Ris, que je t'ai dit, répétait Bérubé, en lui frappant sur les oreilles.

Arsène vit apparaître sur la glace ses dents brunies par le tabac, et pourries, entre ses lèvres qui se décollaient en un sourire crispé.

— Ris!

Bérubé frappait Arsène. Les coups résonnaient avec un écho dans sa tête, comme si elle avait été immense. Sa tête allait éclater. La cervelle lui sortirait par les yeux.

— C'est drôle, la guerre. Ris.

Finalement, Arsène réussit à lancer un gros rire faux.

— Alors, tu ris quand des hommes se font massacrer par les maudits Allemands. Je vais te faire comprendre, sainte merde de mon doux Jésus.

De nouveau, il le frappait, lui écrasait la tête entre ses deux mains. Après plusieurs coups, Bérubé arrêta le supplice:

— Dis-nous ce que tu vois dans le miroir.

— Je me vois, répondit Arsène, peureusement.

— Tu vois un gros tas de merde. Regarde bien. Qu'est-ce que tu vois dans ce miroir?

Bérubé empoigna Arsène par le cou et il l'agita jusqu'à ce qu'il demandât grâce. Alors Bérubé se calma.

— A la guerre, il faut savoir bien regarder, il faut tout voir. Regarder, cela s'apprend. Tout s'apprend par les fesses. Tiens.

Il lui décrocha quelques coups de pieds.

— Alors, demanda Bérubé, qu'est-ce que tu vois dans le miroir, si tu te regardes?

— Je vois Arsène.

— Il ne comprend rien.

Bérubé recommença à le frapper sur les oreilles. Arsène était si abasourdi qu'il avait envie de vomir, comme si tout ce que contenait sa tête était tombé dans sa gorge. Bérubé le menaçait maintenant de son poing fermé devant ses yeux.

— Arsène, je veux faire un bon soldat de toi. Dis-moi exactement ce que tu vois quand tu regardes dans ce miroir.

— Je me vois.

Bérubé recula son poing pour lui faire comprendre que la menace était plus forte.

— Une dernière fois: qu'est-ce que tu vois dans ce miroir?

— Je vois un tas de merde.

Bérubé avait gagné. Il sourit. Il embrassa Arsène. Il lui tapota la joue:

— Tu es un vrai bon soldat déjà.[116]

* * *

Les injures criées avaient réveillé Molly. Elle allongea sa main pour caresser Bérubé, mais, ne le trouvant pas dans le lit, elle bondit, comme soulevée par un cauchemar; à ce moment, Bérubé hurlait quelque blasphème, elle reconnut sa voix, sauta hors du lit sur le parquet froid, enfila sa robe qu'elle avait laissé tomber par terre, et courut au rez-de-chaussée, inquiète.

Elle apparut comme une autre incarnation du diable, dans cette maison où l'on veillait un homme mort. Se hâtant, Molly avait enfilé sa robe sans prendre soin de revêtir d'abord ses jupons; aussi était-elle tout à fait nue car sa robe était de tulle très clair. Personne n'osa élever la voix pour lui dire d'aller se vêtir.

Molly s'arrêta un instant dans l'escalier; elle essaya de comprendre ce qui se passait. Elle se tenait royale, sous sa longue robe transparente. Les femmes fermèrent les yeux et elles imaginèrent qu'elles avaient déjà ressemblé à cette fille, avant les enfants, avant les nuits blanches,[117] avant les bourrades de leurs hommes, avant ces hivers chaque fois plus interminables. Elles ne pourraient plus jamais lui ressembler; elles la détestèrent. Les hommes étaient dévorés par cette flamme si doucement sculptée, sous le tulle. Un incendie crépitait dans leur corps. Ce ventre arrondi pour la caresse n'était pas un sac gonflé d'intestins, ces seins solides comme de petits pains chauds ne ballotaient pas sur le ventre. Les adolescents mirent une main dans leurs poches et serrèrent les jambes.

Molly avait appris à ne pas se mêler aux querelles des hommes. Elle traversa, tête haute, la cuisine comme s'il ne s'y était rien passé, et elle alla au salon. Les soldats au garde-à-vous n'eurent aucune réaction, aucun mouvement. Molly s'agenouilla devant le cercueil de Corriveau, elle pria Dieu de ne pas condamner à son terrible enfer l'âme de Corriveau qu'elle n'avait pas connu, mais qui avait des parents si respectables. Il n'avait pas dû être très heureux puisqu'il était né *French Canadian.*

Corriveau devait ressembler à tous ces jeunes soldats qui étaient venus dans son lit pour oublier qu'ils n'étaient aimés de personne et Molly se sentait très heureuse quand, après s'être rhabillés, ils donnaient un dernier baiser avec, aux yeux, un certain bonheur. Elle aimait beaucoup ces jeunes soldats: leurs désirs n'étaient jamais compliqués comme ceux des vieux officiers ou des voyageurs de commerce qui lui demandaient toutes sortes de fantaisies qu'elle n'aimait pas mais qu'elle accordait parce que ces gens payaient bien. Seuls les jeunes soldats la rendaient heureuse. Corriveau aurait été simple comme ces jeunes soldats: quand il aurait refermé la porte de la chambre, elle aurait peut-être été triste de le voir partir. Plusieurs revenaient dans son lit, parfois elle les reconnaissait, mais plusieurs aussi ne revenaient pas.

Maintenant, les jeunes soldats, les vieux officiers, les voyageurs de commerce, et tous les autres, ne viendraient plus dans son lit pétrir sa chair avec une main avide comme s'ils avaient voulu, dans cette chair, modeler un autre corps de femme: celui de la femme à laquelle ils pensaient. Bérubé seul l'aimerait.

Molly devint toute triste à la pensée de ces jeunes soldats qui ne viendraient plus dans sa chambre avec une grossièreté affectée, qui n'échapperaient plus dans son oreille un «je t'aime» au moment où ils seraient gonflés de tout leur amour inutile. Molly essuya une larme. Tout son amour serait destiné à Bérubé. Ils l'oublieraient vite. Molly n'était pas la seule à l'hôtel et il y avait d'autres hôtels. Quelques-uns ne pourraient certainement pas l'oublier: les petits soldats qui n'étaient pas revenus de la guerre, ceux qui ne reviendraient pas. Si jamais Molly était malheureuse, ce serait à ceux-là qu'elle demanderait de l'aide. Ces petits soldats qui avaient donné leur vie à la guerre ne pourraient pas refuser d'aider Molly.

Molly pria Dieu qu'il ouvrît les portes de son ciel à tous les jeunes soldats qui ressemblaient à Corriveau. Elle récita quelques prières mais cela était bien difficile. Elle n'arrivait plus à les réciter jusqu'à la fin. Le sommeil était plus fort que son désir de sauver les âmes des jeunes héros de la guerre, plus fort que sa détresse de voir de jeunes hommes comme Corriveau connaître la mort avant d'avoir connu la vie. Mieux valait aller dormir tout de suite; Molly se lèverait très tôt, à l'aube; très reposée, elle demanderait à Dieu le salut de Corriveau et de tous ses semblables.[118]

— Prenez, ma bonne petite fille, ma bonne petite femme, mangez ce petit morceau de tourtière.

La mère Corriveau déposa une assiette devant Molly, sur le cercueil de Corriveau. Molly prit une bouchée par politesse.

— Vous, dit la mère Corriveau aux soldats, vous ne vous amusez pas beaucoup. Ma foi, vous avez l'air tout tristes. Des soldats, ça ne doit pas être triste. On dirait que vous êtes en deuil. C'est vrai que vous êtes des Anglais. On ne vous veut pas de mal. On ne vous renverra pas chez vous en Angleterre. On vous aime bien. Voulez-vous chacun une petite assiette avec une pointe de tourtière, comme j'ai servi à notre petite Molly?

Les soldats ne bougeaient pas. Seuls les yeux du Sergent tournèrent dans leurs orbites. Ses lèvres se décollèrent à peine pour dire:

— *Sorry. We're on duty.*

Et il hurla, pour durcir la tenue de ses hommes:

— *Attention!!!*

Molly grignota une autre bouchée et se leva pour monter au lit. Quand elle entra dans la cuisine, Bérubé la saisit par un bras et lui dit:

— Viens, toi, la toute nue, on a besoin de tes services.[119]

Bérubé la battrait-il? Elle s'aperçut qu'elle était, comme son mari l'avait dit, vraiment nue sous la robe de tulle.

Arsène, ridicule, se tenait devant Bérubé qui s'acharnait à le frapper à main ouverte. Bérubé la maltraiterait-il ainsi? Le gros homme avait le visage si rouge que la chair semblait vouloir éclater.

— *What do you want?* demanda-t-elle, soumise.

Arsène portait un manteau boutonné; un foulard de laine était noué autour de son cou; à le voir ainsi engoncé, Molly ne pouvait savoir que sous le premier manteau, il en portait deux autres. Arsène n'essayait pas d'esquiver les coups, il était pâle, il suait, il souffrait.

— *Get on his shoulders, on his back*, je ne sais pas comment te dire, baptême, cette langue-là n'a pas été inventée par des chrétiens, *get on his shoulders*, ce baptême-là va apprendre ce qu'est la vie de soldat.

Bérubé saisit Molly à la taille, la souleva et l'installa sur les épaules d'Arsène.

— C'est assez, dit quelqu'un qui s'était approché. Il ne put en dire plus long, un poing lui imposa le silence; cet homme recula, étonné du sang qui coulait sur son menton.

Les villageois ricanaient.

— Mon Christ, tu vas apprendre ce que c'est que la guerre. Danse! Ce n'est pas fini! Danse!

La sueur brûlait les yeux d'Arsène. Sous les manteaux, son costume était trempé, comme s'il avait reçu un sceau d'eau sur lui, de l'eau bouillante. Dans sa vie, il avait porté peu de choses aussi lourdes que la petite Molly sur ses épaules, il écrasait sous le poids, mais il dansait, pour ne plus recevoir de coups, il aurait accepté de baiser les pieds de Bérubé, il dansait de toutes ses forces, il remuait à peine les pieds, ses pieds étaient si lourds à bouger, il avait l'impression d'être enfoncé dans de la neige, jusqu'aux cuisses, brûlante comme du feu et collante comme de la boue, il dansait, il aurait voulu danser encore plus pour que Bérubé ne soit plus en colère.

— Danse!

Arsène rassemblait toutes ses forces et croyait avoir accéléré son rythme.

— Danse, Christ! Danse!

Bérubé frappait. Molly se répétait qu'elle ne rêvait pas.

— Danse plus vite!

Sur les épaules d'Arsène, Molly ressemblait à une reine. Les hommes s'émerveillaient de la pointe rose des seins sous le tulle, deux petites étoiles fascinantes. Au fond, ils n'étaient pas plus heureux que Corriveau. Ils n'auraient plus jamais le privilège de baiser du bout des lèvres de telles petites pointes roses au bout de seins si tendres. Ils ne caresseraient plus de si beaux seins tout chauds dans la main. Ils étaient tristes. Leur vie déjà était terminée. Et ils maudissaient du fond du coeur les adolescents qui dévoraient des yeux Molly.

— Allez! Hop! Allez! Hop! Vivent les soldats! Allez! Hop! Danse, hostie! Danse! Plus vite! Plus vite! Cours! Vive l'armée! Vive la guerre! Gauche! Droite! Gauche! Droite! Gauche...Gauche...Gauche...

Bérubé n'arrêtait pas de commander à Arsène, complètement subjugué.

— Gauche...Gauche...Droite! Danse, puante vermine. Danse! Vivent la guerre et ses soldats! Danse! Gauche droite! Voici un obus!

Bérubé le frappa au derrière.

— Voici une grenade.

Bérubé le gifla.

— Voici une bombe.

Bérubé lui soufflait de la salive à la figure.

— Cours, pourriture plus pourrie que Corriveau au dégel du printemps.

Plus vite! A gauche, tour...nez! Il ne comprend rien cet animal d'Arsène. J'ai dit: à gauche tour...nez!

Arsène obéissait le mieux qu'il pouvait. Il courait sur place, de moins en moins vite, la sueur lui inondait le visage, il ne pouvait plus respirer, il avait une pierre froide à la place des poumons, il étouffait, l'air ne venait ni à sa bouche ni à son nez, il avait soif comme s'il avait mangé du sable.

— Allez, soldat! Gauche! Droite! Gauche! Droite! Gauche! Droite! Soldat! A gauche, tournez!!!

Si Bérubé jugeait qu'on n'obéissait pas assez promptement, il écrasait la tête d'Arsène entre ses deux mains qui claquaient sur ses oreilles. Bérubé était aussi trempé de sueurs qu'Arsène. Molly avait l'impression d'être ivre.

C'est joli, la vie de soldat. Tu aurais aimé être soldat... Attention; c'est une mine!

Bérubé lui décrocha plusieurs coups de pieds sur les tibias. Arsène avait-il ressenti quelque douleur? Il n'eut aucune réaction, nulle contorsion, nulle grimace. Il flageolait.

— Ah! la jolie guerre. Gauche! Droite! Hostie de mule, avance. Attention! Une torpille.

Bérubé lui enfonça son poing dans le ventre. Arsène fut plié en deux par le coup. La peau de son visage était violette. Ses manteaux, son foulard de laine l'étranglaient. Aurait-il assez de force pour se relever? Il chancelait.

Personne n'allait intervenir. Personne n'avait ce courage. Pour ne pas se sentir lâches, ils essayaient de s'amuser et réussissaient à rire comme jamais ils n'avaient ri dans leur vie.

— Marche!

Arsène avait comme une barre de fer rouge enfoncée dans le crâne, d'une oreille à l'autre. Il ne voyait plus rien, il aurait juré que ses yeux dégoulinaient le long de ses joues. Ce qui coulait, visqueux et chaud, sur ses tempes était-il des sueurs ou du sang? Arsène s'enlisait dans un engourdissement de plus en plus profond.

— Gauche! Droite!

Les jambes d'Arsène fondaient comme des mottes de beurre dans les casseroles de la mère Corriveau, qui se taisait comme lorsque son fils, celui qui était là, étendu dans son cercueil, entrait, soûl, et injuriait Anthyme.

Les jambes d'Arsène avaient fondu, il reposait maintenant sur son gros ventre, il ne pouvait plus courir ni danser, il était un cul-de-jatte épuisé, dans ses manteaux trempés. Arsène songeait: «je suis complètement soûl, je m'endors, j'ai trop bu, je me laisse rouler par terre...». Bérubé le frappait:

— Gauche! Droite! Gauche... Gauche! Voilà la belle vie du petit soldat. Attention! Voici un obus!

Bérubé aplatit sa main dans le visage d'Arsène.

—— Quand ces Christ d'Allemands nous laisseront-ils en paix? demanda Bérubé.

Arsène n'avait plus de bras. Il était devenu un sac de pommes de terre mais il obéissait encore.

—— Tu es un bon soldat. Gauche! Droite!

Sur les épaules d'Arsène, Molly était humiliée.

Tout à coup, Arsène trébucha. Molly tomba sur un villageois qui la reçut comme une bûche en flammes dans ses bras.

—— Narcisse, cria sa femme, ne touche pas à ça.

Bérubé s'approcha d'Arsène endormi sur le parquet. Il lui mit le pied dans le visage pour lui secouer la tête:

—— C'est un vrai bon petit soldat: pas aussi bon que Corriveau, mais meilleur que moi. Arsène est un Christ de bon soldat. Il mérite des médailles, des tas de médailles gros comme des églises. Arsène se laisse défaire. Il n'essaie pas de préserver un seul petit bout de peau. Il n'est pas avare. Un hostie de bon petit soldat.

Du bout du pied, il tourna le visage d'Arsène.

—— Il se laisserait mettre en charpie si on lui disait qu'on a besoin de sa peau pour calfeutrer les murs des chiottes. Un vrai bon petit soldat. Mais il n'a pas d'uniforme.

Arsène rouvrit les yeux.

—— Ce bon soldat n'a pas d'uniforme. Il lui faut un uniforme.

Bérubé le dépouilla des manteaux qu'il lui avait fait enfiler l'un par-dessus l'autre, il lui retira son veston, déchira sa chemise qu'il alla jeter dans la cuisinière à feu de bois, il arracha son pantalon, les femmes n'osaient plus regarder, les hommes grognaient de rire, Arsène, sans un geste, subissait tous les outrages, il n'était qu'un tas de chair obéissante.

—— Tu es un vrai bon petit soldat, disait Bérubé qui n'était plus pâle, maintenant, qui n'avait plus les yeux hagards, son regard était maintenant plutôt doux, tu es un vrai bon soldat, tu as mérité en baptême[120] de la patrie, il faut que tu portes l'uniforme, c'est un devoir de faire la guerre, c'est le plus beau des travaux que de faire la guerre, c'est amusant de faire la guerre, c'est agréable de faire la guerre, tu es un bon soldat, mais tu n'as pas d'uniforme.

Arsène l'écoutait, hébété, dans son long sous-vêtement de laine qui le recouvrait des chevilles au cou. Bérubé répétait: «il te faut un uniforme», les femmes avaient un équivoque sourire aux lèvres, les hommes s'amusaient à gorge déployée. Bérubé empoigna le sous-vêtement d'Arsène à l'encolure, une main de chaque côté de la longue rangée de boutons qui commençait au cou et descendait jusqu'à l'enfourchure,[121] sans lâcher prise, il écarta vigoureusement les mains, les boutons volèrent, le sous-vêtement tomba, la poitrine blanche d'Arsène apparut, son ventre de graisse luisante; quand

Arsène, sans résistance, eut été mis tout à fait nu, les villageoises riaient autant que leurs hommes.

Arsène, lui-même, éclata de rire.

— Soldat, n'oublie jamais que ton uniforme représente ton pays, ta patrie, *our country and Liberty*.

A coups de pieds, Bérubé bouscula Arsène vers la porte, et le poussa dans la neige.

— Va, soldat, va m'écraser trois ou quatre maudits Allemands!

Les villageois glougloutaient en se vidant de leur rire et toutes leurs tripes avaient envie de sortir avec leurs rires. Ils se tenaient le ventre, ils pleuraient, ils piétinaient, ils trépignaient, ils s'étouffaient.

Bérubé saisit le bras de Molly sidérée:

— *Darling*, demanda-t-elle, *why did you do that*?

— *What?*

— *It was a bad joke.*

— Allons faire un petit dodo, *a nap*.

— *Darling...*

— Des fois, je me sens fou.

* * *

Les bougies s'étaient éteintes sur le cercueil de Corriveau. Le salon n'était plus éclairé que par la lumière débordant de la cuisine. Une lumière jaune, comme graisseuse. Les soldats avaient assisté imperturbables au massacre d'Arsène. Ils avaient regardé d'un oeil impassible cette fête sauvage noyée de rires épais, de cidre et de lourdes tourtières mais le dégoût leur serrait les lèvres.

Quelle sorte d'animaux étaient donc ces *French Canadians*? Ils avaient des manières de pourceaux dans la porcherie. D'ailleurs, à bien les observer, à les regarder objectivement, les *French Canadians* ressemblaient à des pourceaux. Les Anglais longs et maigres examinaient le double menton des *French Canadians*, leur ventre gonflé, les seins des femmes gros et flasques, ils scrutaient les yeux des *French Canadians* flottant inertes dans la graisse blanche de leur visage, ils étaient de vrais porcs, ces *French Canadians* dont la civilisation consistait à boire, manger, péter, roter. Les soldats savaient depuis longtemps que les *French Canadians* étaient des porcs. «Donnez-leur à manger, donnez-leur où chier et nous aurons la paix dans le pays», disait-on. Ce soir, les soldats avaient sous les yeux la preuve que les *French Canadians* étaient des porcs.

Corriveau, ce *French Canadian* qu'ils avaient transporté sur leurs épaules dans une neige qui donnait envie de s'y étendre et de geler, tant la fatigue était profonde,[122] Corriveau, ce *French Canadian* qui dormait sous leur drapeau, dans un uniforme semblable à celui dont ils étaient si orgueilleux, ce Corriveau était aussi un porc.

Les *French Canadians* étaient des porcs. Où s'arrêteraient-ils? Le Sergent jugea que le temps était venu de prendre en main la situation. Les *French Canadians* étaient des porcs indociles, indisciplinés et fous. Le Sergent dessina dans sa tête un plan d'occupation.

Ses subalternes se souvenaient de ce qu'ils avaient appris à l'école.[123] Les *French Canadians* étaient solitaires, craintifs, peu intelligents; ils n'étaient doués ni pour le gouvernement, ni pour le commerce, ni pour l'agriculture; mais ils faisaient beaucoup d'enfants.

Quand les Anglais étaient arrivés dans la colonie, les *French Canadians* étaient moins civilisés que les Sauvages.[124] Les *French Canadians* vivaient, groupés en petits villages, le long de la côte du Saint-Laurent, dans des cabanes de bois remplies d'enfants sales, malades et affamés, de vieillards pouilleux et agonisants.[125] Tous les ans, les bateaux anglais montaient dans le fleuve Saint-Laurent parce que l'Angleterre avait décidé de s'occuper de la Nouvelle-France,[126] négligée, abandonnée par les *Frenchmen*.[127] Devant les villages, les bateaux anglais jetaient l'ancre et les Anglais descendaient à terre, pour offrir leur protection aux *French Canadians*, pour lier amitié avec eux. Dès qu'ils apercevaient le drapeau anglais battre dans le Saint-Laurent, les *French Canadians* se sauvaient dans les bois.[128] De vrais animaux. Ils n'avaient aucune politesse, ces porcs. Ils n'avaient même pas l'idée de se défendre.[129] Ce qu'ils laissaient derrière eux, leurs cabanes, leurs animaux, leurs meubles, leurs vêtements étaient si sales, si grouillants de vermine, si malodorants que les Anglais devaient tout brûler pour désinfecter la région.[130] Si elle n'avait pas été détruite par les Anglais, la vermine aurait envahi tout le pays.

Puis les bateaux repartaient, les *French Canadians* ne sortaient de la forêt qu'à l'automne. Ils s'empressaient de construire d'autres cabanes.

Pourquoi n'acceptaient-ils pas l'aide que les Anglais leur offraient? Puisque la France les avait abandonnés, pourquoi ne voulaient-ils pas accepter le privilège de devenir Anglais?[131] L'Angleterre les aurait civilisés. Ils ne seraient plus des porcs de *French Canadians*. Ils sauraient comprendre une langue civilisée. Ils parleraient une langue civilisée, non un patois.[132]

Habitués à l'obéissance, les soldats sentirent qu'on leur donnerait un ordre. Ils tournèrent les yeux vers le Sergent qui fit un geste de la tête. Les soldats avaient compris. Ils exécutèrent l'ordre avec ferveur.

Ils ramassèrent à travers la maison les bottes, les manteaux, les foulards, les chapeaux et les jetèrent dehors. Les villageois étaient invités à s'en aller.

Plus préoccupés de retrouver leurs vêtements que de protester contre l'insulte, ils sortirent en se bousculant.[133]

* * *

Quand ils furent dehors, les pieds enfoncés dans la neige à la croûte[134] durcie par le froid qui glaçait la salive sur les lèvres, les villageois songèrent qu'ils avaient été chassés par des Anglais de la maison du père de Corriveau, qu'ils étaient empêchés, par des Anglais, de prier pour le repos de l'âme de Corriveau, un fils du village, mort à la guerre, la guerre des Anglais. L'humiliation leur faisait mal comme une blessure physique. Des Anglais les empêchaient de se recueillir et de pleurer sur le cercueil de l'un des leurs. Chaque villageois, parce que dans le village la vie était commune, était un peu le père de Corriveau, chaque femme était un peu sa mère. Les femmes pleuraient à grosses larmes, les hommes attisaient leur colère. Chacun retrouvait peu à peu les vêtements qui lui appartenaient. Ils n'avaient plus froid. La colère les défendait contre le vent.

La mère Corriveau n'avait pas aimé la conduite des soldats, mais elle ne pouvait le leur faire comprendre dans leur langue. Elle mettait du bois dans le feu de sa cuisinière.

— C'est à coups de rondin[135] qu'il faudrait leur parler à ces Anglais.

Anthyme ne dit pas s'il était d'accord ou non.

La mère Corriveau, sans rien ajouter, fit signe aux Anglais de s'asseoir à la table où elle leur servit, arrosées de sauce parfumée, de généreuses portions de tourtières.

Le père Anthyme n'avait pas envie de faire boire son cidre par des Anglais qui avaient jeté dehors ceux qui étaient venus prier pour son fils. Mais il descendit dans son sous-sol déterrer d'autres bouteilles.

— Nous savons vivre, dit-il aux soldats qui sourirent parce qu'ils ne comprenaient pas.

* * *

Déserteur, pour ne pas risquer d'être pris et ramené à l'armée par les soldats anglais, Henri était resté tapi, dans son grenier, immobile au fond de son lit, pendant qu'Amélie et Arthur étaient allés prier pour le salut de Corriveau. Henri respirait prudemment, il évitait tout mouvement, tout craquement de son vieux matelas qui aurait pu révéler, dans ce silence trop parfait, la présence d'un homme qui refusait d'aller faire la guerre.

Henri devait se faire oublier même de ses enfants et de ceux de sa femme, c'est-à-dire ceux qu'elle avait eus d'Arthur.

La présence, dans le village, de ces sept soldats qui accompagnaient Corriveau, lui donnait des palpitations: les soldats pourraient bien ne pas s'en retourner les mains vides; ils étaient nombreux les déserteurs, au village. Parce qu'Amélie avait voulu vivre avec deux hommes dans la maison, Henri serait l'un des premiers déserteurs à être capturé. Les gens du village n'aimaient pas que deux hommes vivent avec la même femme. Henri savait qu'il était de trop. Les soldats le retrouveraient très vite, s'ils le cherchaient.

Il détestait sa peur comme il se détestait d'avoir perdu Amélie. Même s'il avait son tour dans le lit d'Amélie, même si elle l'appelait lorsqu'Arthur était sorti, Henri n'ignorait pas qu'Arthur était son préféré.

Sous sa peau, dans sa chair, les picotements de son angoisse le tourmentaient; il aurait eu besoin de se gratter, de se griffer jusqu'au sang. Il ne se pardonnait pas d'être un homme caché au fond d'un grenier glacial, un homme à qui on avait pris sa femme et qui craignait que l'on vînt l'arracher à ce trou noir où il avait peur, où il se détestait, pour l'amener de force à la guerre.

Le soleil était tombé très tôt derrière l'horizon comme tous les jours d'hiver où même la lumière ne résiste pas au froid. Malgré la nuit envahissante, Henri ne s'était pas endormi.

En toute justice, c'était, ce soir, à son tour de dormir dans le lit d'Amélie, mais à cause de Corriveau, il perdait sa nuit. Lui, il n'avait osé se faire voir à l'extérieur. Amélie s'était fait accompagner par Arthur pour aller voir Corriveau. Henri pensa tout à coup qu'il était aussi dangereux pour Arthur que pour lui-même de sortir et d'apparaître devant les sept soldats, puisqu'Arthur était aussi déserteur que lui. Arthur était plus criminel qu'Henri, parce qu'il n'avait même jamais porté l'uniforme. Comme il allait prier avec Amélie, Arthur avait exigé de passer la nuit dans son lit. Henri avait été dupé une fois de plus. Il se détestait. Peut-être Amélie et Arthur le livreraient-ils aux soldats? Henri s'aplatissait dans son lit et tirait les draps et couvertures de laine par-dessus sa tête. Arthur partagerait deux nuits de suite avec Amélie pendant qu'il se morfondrait dans son grenier.

Toutes les nuits, il était torturé par cette même idée: sa femme n'était plus la sienne, sa maison n'était plus la sienne, ni ses animaux, ni ses enfants qui tous appelaient Arthur: papa. Il jurait contre la guerre, il rassemblait ensemble tous les jurons qu'il connaissait, il en inventait qui remontaient du fond de son coeur, et il les lançait contre la guerre. Il haïssait de toute son âme la guerre. Mais il pensait parfois qu'il serait peut-être moins malheureux à la guerre que dans sa maison. Puis il se disait qu'il valait mieux être malheureux dans un grenier froid que malheureux dans la boue de la guerre. Il lui semblait même plus souhaitable d'être malheureux dans sa famille, dans sa maison, qu'être heureux à la guerre. Mais il savait surtout que l'homme est malheureux partout et que, dans le village, le seul homme à ne pas être malheureux était Corriveau, à la condition qu'il n'y eût pas d'enfer, ni de purgatoire. Noyé dans les remous désordonnés de sa pensée, Henri s'endormit.

Il se réveilla en pensant au soleil, peu longtemps après.

L'idée du soleil l'avait réveillé à la manière d'un vrai rayon de soleil qui vous caresse le visage un matin d'été.[136]

Le soleil d'Henri n'était qu'un mirage, une pauvre idée qui ne ravivait pas la terre morte sous la neige et la glace, une idée qui n'éclairait pas le grenier où Henri avait peur de la nuit et de ses mystères d'ombre. Henri remonta par-dessus sa tête ses couvertures pour se redonner une impression de sécurité chaude. Le soleil d'Henri n'éclairait même pas les recoins tristes de sa tête.

Henri avait rêvé d'un gros soleil, bien rond, comme un beau fruit, il le voyait encore dans son esprit, précis, haut, immense, vertigineusement immobile. Henri imaginait qu'il était suspendu à un fil; si quelqu'un avait coupé ce fil, le soleil serait tombé en ouvrant la gueule et il aurait avalé le monde entier. Henri contemplait ce soleil. Il n'y avait rien au-dessus, ni à côté.

C'était un soleil bien seul.

Henri remarqua, sous le soleil, que se dressait quelque chose, sur la terre. Cela ressemblait à une maison, mais en observant plus attentivement, il vit non pas une maison mais une grande caisse, et y pensant mieux, c'était le cercueil de Corriveau qu'il avait vu passer dans la rue, recouvert du drapeau des Anglais. Henri voyait donc, très haut, le soleil et, sur la terre, n'existait que le cercueil de Corriveau.

A la vérité, ce cercueil sous le soleil était plus gros que celui de Corriveau car les gens du village un à un, l'un derrière l'autre, y entraient, comme à l'église, courbés, soumis, et les derniers villageois tiraient avec eux les animaux, les vaches, les chevaux, tous les autres suivaient, le cortège était silencieux. Le cercueil était beaucoup plus vaste que l'église du village car, à part les villageois et leurs animaux, entraient aussi les écureuils, les couleuvres, les chiens et les renards, même la rivière soudainement rampa comme la couleuvre pour entrer dans le cercueil, des oiseaux descendaient du ciel pour y pénétrer, et l'on arrivait des villages voisins, le cortège était ininterrompu, les gens venaient avec leurs bagages et leurs enfants et leurs bêtes, Henri était parmi ces étrangers, il entrait aussi dans le cercueil, les maisons bougeaient comme de maladroites tortues, couvertes de neige et de glace, elles glissaient lourdement et disparaissaient dans le cercueil de Corriveau, des gens venaient en foule, c'était des villes que l'on venait, en nombre immense, les gens attendaient patiemment leur tour, ils venaient en trains, des centaines de trains, maintenant des paquebots géants accostaient et déversaient leurs foules dans le cercueil de Corriveau, et des quatre horizons, l'on accourait, l'on se précipitait dans le cercueil de Corriveau qui se gonflait comme un estomac; la mer aussi, même la mer s'était faite douce comme une rivière et elle se vidait dans le cercueil de Corriveau, Henri pouvait tout observer puisqu'il était à l'intérieur du cercueil, il vit apparaître des poissons à huit mains, à trois têtes, des crabes à dents terrifiantes, des insectes aussi, des bêtes tout en écailles qui semblaient des cailloux, puis il n'arriva plus rien: la mer entière avait été bue par le cercueil de Corriveau et sur toute la terre, il ne restait que le seul cercueil de Corriveau.

— Maintenant c'est fini, songeait Henri.

La terre était déserte. Le cercueil semblait maintenant tout petit, à peine grand comme celui qu'Henri avait vu passer sur les épaules des soldats anglais. La terre était muette, figée. Henri était soulagé de ne plus penser à rien.

De l'horizon subitement déchiré jaillirent des hommes, de l'horizon déchiré en plusieurs endroits jaillirent des groupes d'hommes à la discipline mécanique, ils étaient des soldats, ils étaient armés, ils marchaient au pas, ils étaient des armées innombrables qui marchaient l'une vers l'autre, leur marche était implacable et féroce; Henri comprit que leur point de convergence était le cercueil de Corriveau, ils ne levèrent pas leurs armes, mais ils entrèrent, martiaux, dans le cercueil de Corriveau; Henri attendit longtemps, il ne se passa plus rien. Sur la terre, ne subsistait que le cercueil de Corriveau sous le drapeau des Anglais.[137]

Il s'écria:

— Je deviens fou!

Il gémit:

— Je deviens fou.

Il se dressa dans son lit. Ce n'était plus la nuit. Le jour s'était levé dans son grenier. Henri aperçut le cercueil de Corriveau. Il était dans son grenier. Henri le voyait, au fond du grenier. Une main poussait dans le dos d'Henri, une main le poussait vers le cercueil de Corriveau qui, maintenant, était juste assez grand pour contenir un seul homme: Corriveau ou lui.

— Au secours!

Il sauta de son lit, poussa les malles empilées, souleva la trappe, il se laissa descendre, il courut au rez-de-chaussée. Les enfants dormaient, les murs craquaient comme si le diable les eût grignotés.

Henri enfila les bottes d'Arthur, il passa son veston de laine, son bonnet de fourrure. Malgré le danger d'être pris par les soldats et ramené à la guerre, Henri décida qu'il irait rejoindre les autres, chez Corriveau. La porte ouverte, il hésita sur le seuil.

La nuit était si noire, le village était si bien noyé dans la nuit, la nuit semblait si profonde qu'Henri en éprouva du vertige.

Il empoigna sa carabine.

* * *

Les villageois, quand ils se retrouvèrent devant la maison d'Anthyme Corriveau, les pieds dans la neige aiguë comme des éclats de verre, quand ils eurent compris qu'on les avait expulsés de la maison d'Anthyme Corriveau, qu'on les avait jetés dans cet océan glacial où ils grelottaient dans leurs vêtements trempés, quand ils pensèrent que des étrangers, des Anglais, les avaient chassés de chez Anthyme Corriveau, descendant de cinq générations de Corriveau, tous habitant le village et dans la même maison sur le même solage[138] depuis plus de cent ans;[139] quand ils se furent rappelé que Corriveau, un petit Canadien français, fils du village, avait été tué dans une guerre que les Anglais d'Angleterre, des Etats-Unis et du Canada avaient déclarée aux Allemands, (Corriveau avait été tué dans la boue des vieux pays pendant que les Anglais étaient assis sur des coussins dans des bureaux; les Anglais sortaient quelquefois de leur abri, mais alors c'était pour aller porter dans sa famille un jeune Canadien français mort à la guerre), quand les villageois eurent compris qu'ils avaient été mis à la porte, comme des chiens qui auraient pissé sur le tapis, par des Anglais, qui n'étaient ni du village, ni du comté, ni de la province, ni même du pays, des Anglais qui n'étaient même pas Canadiens[140] mais seulement des maudits Anglais, les villageois mesurèrent la profondeur de leur humiliation.

Gesticulant, jurant, se chamaillant, discutant, se bousculant, crachant, ivres, ils lançaient des blasphèmes enflammés contre les Anglais qui se terraient dans la maison des Corriveau.

Joseph brandit son moignon enfoui dans son pansement et cria plus fort que les autres:

—— Les maudits Anglais nous ont tout pris mais ils n'auront pas notre Corriveau. Ils n'auront pas la dernière nuit de Corriveau.

* * *

Les sueurs ruisselaient sur le corps de la petite Mireille, son visage, et mouillaient ses draps.

Elle ne bougeait pas.

Elle n'aurait pas pu remuer; ses membres auraient refusé. La nuit pesait comme les pierres de la télègue[141] qui avait, l'été dernier, capoté sur elle. Seules bougeaient ses paupières. Elle ouvrait, fermait les yeux. Les paupières closes, elle voyait encore.

Mireille aurait voulu ne rien voir.

Elle levait son pied, elle le voyait, comme s'il n'avait pas été son pied, comme s'il n'y avait eu que son pied dans la chambre.

Au bout de son pied, Mireille apercevait ses orteils éclairés, elle pliait, dépliait ses orteils et les regardait bouger. Tout à coup, elle cessait. Alors son pied lui apparaissait selon sa véritable nature: il était de cire. Elle ne pouvait plus agiter ses orteils de cire, elle ne pouvait plus faire pivoter son pied sur sa cheville. Mireille n'osait toucher, même du bout des doigts, son pied de cire.

Elle aurait voulu crier, mais elle était devenue muette. Elle ne pouvait appeler à l'aide.

Mireille ne pensait pas surtout à sa peur; elle était plutôt préoccupée de surveiller le sourire de Corriveau couché à la place de son jeune frère.

Mireille avait vu Corriveau quelquefois lorsqu'il était du village, et, aujourd'hui, elle avait vu passer son cortège.

Corriveau souriait.

Mireille savait que Corriveau se lèverait.

Elle attendait, crispée, paralysée, muette. Elle attendait, soumise.

Tout à coup, Mireille entendit le bruit de la paille du matelas. Elle vit Corriveau se lever, chercher dans les poches de son pantalon, en tirer une allumette. Avec l'ongle de son pouce, il l'alluma. Il regarda autour de lui. Puis il marcha vers les pieds de Mireille, s'éclairant avec son allumette.

Corriveau approcha l'allumette du pied de Mireille. Elle vit naître des petites flammes au bout de son pied de cire.

Satisfait, Corriveau retourna se coucher dans le cercueil, à la place du lit de son frère.

Corriveau s'étendit, s'allongea avec satisfaction, et il s'endormit en souriant.

Mireille suffoquait.

Mais elle ne pouvait rien sur ses orteils, ces dix petites bougies allumées qui veillaient Corriveau.[142]

* * *

Anthyme Corriveau et sa femme avaient donc donné à manger aux Anglais comme s'ils avaient été des fils du village. Ils les observaient. Les Anglais mangeaient peu. Ils parlaient peu. Ils buvaient peu. Si un des Anglais parlait, les autres se taisaient, écoutaient. Une question était-elle posée? Un seul à la fois répondait. Ils ne riaient pas: au lieu,[143] ils serraient les lèvres en un sourire avare. Anthyme et sa femme ne comprenaient pas ce que disaient les Anglais, mais ils n'aimaient pas entendre les sons de leur langue à cause de leurs yeux «qui n'étaient pas francs» pensait Anthyme. Ils avaient l'impression que les Anglais parlaient pour se moquer d'eux.

—— Nous sommes tous des Canadiens français, ici, songeait le père Corriveau; mon petit garçon qui est mort est un Canadien français, tout le monde est Canadien français, toute la province est canadienne française, puis il y a des Canadiens français à travers tout le Canada, il y en a même aux Etats-Unis. Alors, pourquoi ont-ils envoyé des Anglais reconduire mon fils?

Anthyme Corriveau ne put dominer une certaine tristesse; ce n'était pas celle d'avoir perdu son enfant, mais une autre qu'il ne pouvait expliquer.

A l'entendre secouer les casseroles dans l'évier, le vieil homme savait que sa femme n'était pas satisfaite de la façon dont les choses s'étaient déroulées.

— Nous étions entre nous, tous du village, réfléchissait-elle. Nous nous connaissons tous, parce que nous avons la même vie; nous élevons nos enfants ensemble. Mon fils est aussi le fils de tout le village. Tous les gens qui étaient ici étaient un peu ses parents et les jeunes étaient ses frères ou ses soeurs, pourrais-je dire. Même quand il arrive un malheur dans le village, nous aimons nous retrouver ensemble, nous nous partageons le malheur, alors il est moins gros. Tous ensemble, nous sommes plus forts. Alors les malheurs nous affectent moins. Pourquoi les Anglais ont-ils brisé notre réunion? Mon fils devait être content de nous voir tous autour de lui. Mais les Anglais ont brisé notre soirée. Je m'en souviendrai toute ma vie.

La mère Corriveau n'avait plus envie de les servir à la table. Elle leur offrit trois ou quatre tourtières et passa dans le salon. Anthyme posa une bouteille de cidre sur la table et retrouva sa femme agenouillée devant le cercueil de leur fils.

Dans la cuisine, les Anglais disaient à voix basse des phrases que la mère Corriveau et son mari ne se souciaient plus de ne pas comprendre. Les mains jointes sur le cercueil, Anthyme Corriveau et sa femme oublièrent les Anglais dont la voix leur parvenait discrète, lointaine. Les vieux étaient seuls. C'était la première fois qu'ils étaient seuls avec leur fils. Ils étaient l'un près de l'autre, comme au jour de leur mariage.[144] La mère Corriveau essuyait des larmes comme en ce jour. Anthyme avait des yeux qui ne laissaient pas franchir des larmes, mais, comme au jour de son mariage, il avait le violent désir de crier, de jurer, de se battre, de briser quelque chose. Avaient-ils vécu toute une vie pour arriver à ce désarroi, à cette tristesse?

Les chemins de toutes les vies, songeaient-ils, passent devant des cercueils. Ils ne pouvaient accepter que cette loi fût juste. Elle pleurait. Il rageait. La mère Corriveau n'aimait pas que la vie fût ainsi faite. Anthyme ne pouvait la refaire, mais il était convaincu que, s'il fallait passer devant des cercueils et s'arrêter à un cercueil, il n'était pas juste que l'on eût en soi l'amour si évident de la vie.

Les vieux pleuraient.

A quoi servait-il d'avoir été un enfant aux yeux bleus, d'avoir appris la vie, ses noms, ses couleurs, ses lois, péniblement comme si cela avait été contre nature? A quoi servait-il d'avoir été un enfant si malheureux de vivre? A quoi servaient les prières de cet enfant pieux qui avait la pâleur des Saints sur les images? A quoi servaient les blasphèmes de l'enfant devenu homme?

Tout était aussi inutile que les larmes.

A quoi servaient donc les nuits blanches que la mère Corriveau avait passées à consoler l'enfant qui criait sa douleur de vivre? A quoi servait le chagrin des vieux?

Anthyme ne pouvait plus rester à genoux. Il avait envie de détruire quelque chose. Il se dirigea vers la cuisinière, prit des bûches et les jeta au feu. La mère Corriveau essuyait ses larmes avec son tablier.

— Le bon Dieu n'est pas raisonnable.

Elle voulait dire qu'il exagérait, qu'il était injuste. Anthyme revint près d'elle:

— Ce n'est pas la peine de faire des enfants si le bon Dieu en fait cela, dit-il en indiquant son fils.

Sa femme pensait aux autres: Albéric, Ferdinand, Toussaint, Gaston, Alonzo et Anatole qui étaient dans des pays où c'était la guerre contre les Allemands. Il y avait même Ernest et Naziance, dans des pays où ils combattaient les Japonais.[145] Ils tiraient des balles, en ce moment, sans savoir que leur frère avait été tué. La mère Corriveau pensa que c'était la nuit: non, ses enfants, en ce moment, ne tiraient pas des balles, mais ils dormaient, puisque c'était la nuit. Cette pensée la rassura. Quand apprendraient-ils que leur frère était mort? Le sauraient-ils avant la fin de la guerre? Les lettres arrivaient si peu souvent à destination.

Tout à coup, la mère Corriveau se leva. Une image lui était venue, terrifiante, une image à la faire mourir de chagrin. Elle avait vu dans sa tête les cercueils de tous ses garçons empilés les uns sur les autres.

— Anthyme! Anthyme! supplia-t-elle.

Il sursauta:

— Quoi?

Elle courut vers lui, en larmes, se blottit contre lui. Les bras d'Anthyme se refermèrent sur elle.

— Il faut beaucoup prier.

— Moi, je m'en vais dans la grange, j'ai envie de blasphémer.

* * *

Joseph-la-main-coupée[146] se rua le premier. Les autres suivirent. Il fonça dans la porte. La maison fut secouée comme si un boeuf était tombé sur le toit. Les fenêtres tremblèrent. La porte, comme arrachée, s'ouvrit. Joseph brandissait son moignon au pansement sanglant:

— Nous voulons notre Corriveau! Nous voulons notre Corriveau! Vous ne prendrez pas notre Corriveau!

Anthyme s'avança calmement vers Joseph:

— Coupe-toi les mains, coupe-toi aussi les pieds si tu veux, coupe-toi le cou puisque tu aimes ça, mais n'arrache pas mes portes.

La mère Corriveau se tenait aux côtés de son mari, une casserole de fonte à la main, prête à frapper:

— Je l'ai prise sur le feu, elle est rouge, je vais te faire cuire une joue, toi, la main-coupée.

Les Anglais s'étaient levés poliment lorsque les villageois étaient rentrés. Des assiettes se brisèrent sur le parquet, des verres aussi. L'on criait des menaces:

— Vous ne prendrez pas notre Corriveau!

— Retournez dans votre Angleterre, maudits Anglais de calice.

— Il y a un train demain à midi; prenez-le et n'en redescendez pas!

Une femme remarqua:

— Il est beau, ce petit-là; c'est dommage qu'il soit un Anglais...

— Un Christ d'Anglais, précisa son mari qui lui donna un coup de pied sur une cheville pour la punir.

— Ils ne sont même pas de vrais Anglais; ils sont venus au Canada parce que les vrais Anglais d'Angleterre voulaient s'en débarrasser.

— Vous ne nous prendrez pas notre Corriveau!

— Notre Corriveau est à nous!

Les villageois se disputaient les Anglais. Chacun voulait en attraper un. L'Anglais maîtrisé par deux ou trois villageois, on le secouait, on lui tirait la moustache, on lui donnait des chiquenaudes sur les oreilles. Les soldats grimaçaient du dégoût de recevoir en plein visage l'haleine d'alcool que projetaient ces *French Canadians*, ils se défendaient peu. On les faisait toupiller.[147] Ils chancelaient. On serrait leurs cravates, les boutons de leurs chemises volaient, les femmes s'amusaient à palper à travers le pantalon le sexe d'un Anglais: chaque fois elles gloussaient:

— Ils en ont une...[148]

Tout à coup, le Sergent cria:

— *Let's go, boys! Let's kill 'em!*

Les soldats obéirent, attaquant hommes et femmes. Les villageois redoublèrent de violence et de colère. Les Anglais se défendirent à coups de poings, ou à coups de bottes, leurs grosses bottes de cuir, ils frappaient dans les visages, dans les ventres, sur les dents, les visages étaient sanglants, l'on piétinait des corps étendus par terre, l'on écrasait des doigts, l'on se battait à coups d'assiettes, à coups de chaises:

— Vous n'aurez pas notre Corriveau.

— *Let's kill 'em! Let's kill 'em!*[149]

Les bouches crachaient du sang.

— Christ de calice de tabernacle!

— Maudit wagon de Christ à deux rangées de bancs, deux Christ par banc!

— Saint-Chrême d'Anglais![150]

— Nous aurons notre Corriveau!

Bérubé apparut de nouveau dans l'escalier, nu-pieds, torse nu, en pantalon. Le vacarme et les cris l'avaient réveillé. Il examina la situation. Il comprit que les soldats se battaient contre les villageois. Il sauta par-dessus les marches. Il avait envie de casser quelques gueules anglaises. Il montrerait à ces Anglais ce qu'un Canadien français portait au bout du poing.

— *Atten...tion!* cria une voix anglaise. Ces mots paralysèrent Bérubé. Le Sergent avait donné un commandement: Bérubé, simple soldat, était hypnotisé.

— *Let's kill 'em!*

Ces mots redonnèrent vie à Bérubé. Le soldat sans grade obéit comme il savait le faire. Il frappa sur les villageois comme si sa vie avait été en danger. Il devait frapper plus fort que les gens du village et plus fort que les Anglais s'il voulait que quelqu'un le respectât.

Peu à peu, les villageois perdirent la bataille. Sanglants, brûlants de fièvre, humiliés, révoltés, blasphémant, ils s'acharnaient, et l'un après l'autre, ils se réveillaient vaincus, la tête dans la neige.

Dehors, les villageois continuèrent de menacer:

— Vous n'aurez pas notre Corriveau!

Le Sergent ordonna aux Anglais et à Bérubé de sortir dehors pour terminer cette bagarre.

Sous la lumière grise de la lune et dans l'air froid qui semblait se fracasser comme une mince pellicule de glace, la petite guerre refusait de s'éteindre. Elle s'apaisait, puis, tout à coup, rejaillissait de toutes parts. L'on se tordait de douleur, l'on gémissait, l'on jurait, l'on pleurait d'impuissance.

Soudain, un coup de feu, sec, comme un coup de fouet.

* * *

Henri avait couru vers la maison d'Anthyme, poursuivi par le cercueil de Corriveau qui le suivait comme un chien affamé dans la nuit.

Un soldat s'était dressé devant lui. Il avait cru que le soldat voulait l'arrêter pour l'amener à la guerre.

Il avait tiré.

La bagarre fut terminée. Les Anglais ramassèrent le blessé, ils le transportèrent dans la maison, ils l'étendirent sur la table de cuisine. Le soldat était mort.

Les Anglais transportèrent la table et le soldat dans le salon, en face du cercueil de Corriveau.

— C'est bien triste, dit la mère Corriveau; je n'ai plus de chandelles.

* * *

Tout le monde s'agenouilla. Les Anglais priaient en anglais pour leur compatriote. Les villageois priaient en canadien-français[151] pour leur Corriveau. Bérubé ne savait pas s'il devait prier en anglais pour l'Anglais ou en canadien-français pour Corriveau. Il commença à réciter les mots d'une prière apprise à l'école:

— Au fond, tu m'abîmes, Seigneur, Seigneur...[152]

Il ne continua pas. Les villageois le regardaient avec de la haine: la haine pour le traître... Parce qu'il s'était battu avec les Anglais contre les gens de son village, Bérubé était devenu pour eux un Anglais. Il n'avait pas le droit de prier pour Corriveau. Les regards le lui disaient durement. Alors Bérubé décida de prier en anglais:

— *My Lord! Thou...*

Les Anglais se retournèrent tous vers lui. Dans leurs yeux, Bérubé lut qu'ils ne toléreraient pas qu'un *French Canadian* priât pour un Anglais. Bérubé sortit.

Quelques bouteilles de cidre étaient abandonnées par terre, ouvertes. Il en saisit une et la but. Le cidre glougloutait, dégoulinait le long de ses joues, sur son torse. Puis il monta dans la chambre où sommeillait Molly. Il lança ses vêtements à travers la chambre, il arracha les couvertures et se jeta sur Molly avant même de l'avoir réveillée.

— Ma ciboire d'Anglaise, je vais te montrer ce qu'est un Canadien français...

Rêvant qu'on la déchirait d'un coup de couteau au ventre, Molly sursauta. Rassurée, elle fit semblant de dormir.

Bérubé s'agitait, frénétique, suait, geignait, embrassait, étreignait, il haïssait.

— Ces crucifix d'Anglais dorment tout le temps. C'est pour ça qu'ils ont des petites familles.[153] Et quand les Anglais font une guerre, ils viennent chercher les Canadiens français.

Bérubé avait parlé à voix haute. Molly avait compris. Elle souriait. D'une main lente, elle caressait le dos de Bérubé qui frissonna:

— Cette ciboire-là va me faire mourir...

Molly se moqua:

— *Are you asleep, darling?*

* * *

Quelques villageois avaient un impérieux besoin de dormir. Ils se couchèrent trois ou quatre par lit, ou sur les tapis tressés, ou sur le parquet, dans un manteau de fourrure, quelques-uns dormirent assis sur des chaises, d'autres à genoux devant Corriveau et l'Anglais. Mais la plupart franchirent la nuit comme si elle avait été un plein jour. Elle s'écoula en toute paix. Ils causaient, échangeaient des souvenirs, répétaient les aventures que l'on racontait toujours en ces occasions-là, comptaient les personnes disparues, ils se rappelaient des faits et gestes de Corriveau, ils mangeaient de la tourtière, ils buvaient du cidre, ils priaient, ils pinçaient une fesse qui passait, inventaient des histoires, ils s'étouffaient de rire, ils retournaient prier, les larmes leur montaient aux yeux: quelle injustice de mourir à l'âge de Corriveau alors que des vieillards souffrants demandaient que le Seigneur les appelât à lui; ils se mouchaient, s'épongeaient le front, maudissaient la guerre, priaient Dieu que les Allemands ne vinssent pas détruire leur village, ils demandaient à la mère Corriveau une autre pointe de tourtière, ils rassuraient Henri désespéré d'avoir tué un soldat: «Tu étais en état de légitime défense; tiens, bois! La guerre est la guerre»; les femmes s'attristaient de voir leurs robes en si piteux état.

Les soldats à genoux près de leur collègue mort au devoir étaient si attentifs à leurs prières que Dieu lui-même semblait être à leurs côtés.

—— Vieille pipe du Christ, dit Anthyme, ces maudits protestants savent prier aussi bien que les Canadiens français!

La mère Corriveau annonça que l'heure était venue de former le cortège pour se rendre à la messe et à l'enterrement de son fils.[154]

* * *

Henri veillait sur le soldat qu'il avait abattu. Les autres avaient suivi le cercueil de Corriveau porté sur les épaules des Anglais et de Bérubé dont les services avaient été réquisitionnés.

Henri avait peur. Il avait déserté parce qu'il n'aimait pas la mort. On l'obligeait à tenir compagnie à un défunt. Henri lui-même l'avait tué. Il ne craignait pas la punition. C'était la guerre. Durant la guerre, on n'est pas puni d'avoir tué. Henri était bien content que cet Anglais ne l'ait pas attaqué en temps de paix; Henri aurait tiré sur lui, de la même façon. Alors il aurait été puni, parce qu'on aurait été en temps de paix.[155]

Il vit son corps se balancer au bout d'une corde, suspendu à un échafaud planté dans la neige à perte de vue et son corps était un vrai glaçon: si quelqu'un l'avait touché, son corps aurait tinté et il se serait cassé en miettes, Henri avait froid, le vent sifflait en déplaçant une poussière sèche qui venait heurter son corps oscillant au bout de la corde. Henri avait froid, il boutonna son chandail de laine qu'il avait emprunté à Arthur.

Il n'était pas pendu à une corde aux grands vents d'hiver au-dessus de la neige; c'est de froide peur qu'il tremblait. Il avait peur de cette maison où un mort était avec lui. Il coucha sa carabine sur ses genoux. Il ne voulait pas prier pour l'Anglais. Il se taisait. Il attendait.

Le vent essayait d'arracher les toits. Les clous craquaient, les solives se tordaient en geignant. Henri, comme un enfant, avait peur de cette musique de l'hiver pour un homme seul. Il aurait souhaité avoir quelqu'un avec lui. Il n'aurait pas eu peur. A la vérité, il y avait quelqu'un avec lui, mais c'était un mort qui rendait Henri dix fois plus seul. Avec quelqu'un de vivant, Henri aurait parlé, partagé du tabac. Mais un mort ne parle pas, ne fume pas.

Il écoutait.

— Que pense un mort sous son drap blanc? Un mort déteste-t-il la personne qui l'a tué? Un mort, s'il est damné comme ce Vierge de protestant, est-ce qu'il brûle intérieurement avant d'être enterré? Les morts font des colères contre les vivants. Des morts qui mettent le feu de l'enfer aux granges, cela s'est souvent vu: une maison qui s'enflamme tout à coup, sans raison, c'est l'enfer. Des morts, il y en a aussi qui marchent dans les murs des maisons. Pour se consoler, on dit que c'est l'hiver qui fait se plaindre les maisons mais c'est les morts... Aussi longtemps qu'on n'a pas assez prié pour l'arracher du purgatoire, le mort vient sur la terre mendier des prières et s'il n'est pas compris, il distribue des malheurs pour que l'on pense à lui.

Est-ce Corriveau qui rampait dans les murs?[156]

Henri serra son fusil. Il ne tirerait pas sur l'âme d'un Canadien français. Il ne craignait pas l'âme de Corriveau.

Mais l'Anglais... Cet Anglais profiterait peut-être de sa mort pour se venger de n'avoir jamais réussi à exterminer les Canadiens français. Henri serra une autre fois sa carabine; il était prêt à faire feu:

— S'il vient, je lui envoie une balle en plein coeur.

La maison se plaignait dans toutes ses poutres. Henri se souvenait d'un soir où il était perdu en forêt. Tout était si humide qu'allumer un feu était impossible. Un vent doux mais lourd s'était levé. Les arbres, de grandes épinettes de cent ans, agitaient leurs bras et chantaient comme autant d'âmes en détresse. Après, Henri ne savait plus s'il avait entendu des épinettes ou des âmes.

Regarder fixement l'Anglais calmerait peut-être son imagination. Quand on voit quelqu'un devant soi, immobile, on sait qu'il ne bouge pas. Un mort ne bouge pas.

Il était rassuré. Il n'avait plus peur. L'Anglais sous son drap était sage comme une bille de bois. Même si le drap tout à coup s'agita, Henri n'avait plus peur. Il n'avait pas peur parce que c'était l'hiver et que du vent pouvait passer, par l'interstice d'une fenêtre, suffisamment fort pour faire trembler le drap que la mère Corriveau avait jeté sur l'Anglais.

Le drap blanc fut soulevé et une chevelure émergea. Henri fit feu.

Déjà il était sorti. Il courait dans la neige.

Henri avait tué la chatte des Corriveau.

* * *

Le Curé parlait.[157] Sa langue ressemblait, lorsqu'il ouvrait la bouche, à un crapaud qui n'osait sauter:

—— *Veni, vidi, vici,*[158] écrivit César, qui pratiquait comme Corriveau, ce fils de notre paroisse, le très noble métier des armes, le métier le plus noble après celui de la sainteté que pratiquent vos prêtres. C'était d'une vérité militaire qu'il parlait. S'il avait parlé d'une vérité humaine, César aurait écrit: *veni, vidi, mortuus sum*. Je suis venu, j'ai vu, je suis mort.

Mes frères, n'oubliez jamais que nous vivons pour mourir et que nous mourons pour vivre.[159]

Ce temps si court d'une vie terrestre, ce temps court est beaucoup trop long puisque nous avons le temps de nous y damner plusieurs fois. Prenons garde qu'un jour, le Christ ne se lasse de mourir pour effacer, laver nos consciences; prenons garde que, voyant le déluge de nos péchés, il ne déverse sur vos têtes, mes frères, le feu de l'enfer comme, par la main de son prêtre, il avait versé sur vos têtes l'eau sainte du baptême. Peut-être la guerre, en ce moment, est-elle un peu de ce feu de l'enfer que Dieu déverse sur les vieux pays qui sont connus pour leur incroyance en ce que dit l'Eglise.[160]

Une vie terrestre est beaucoup trop longue pour de nombreux fidèles qui se damnent pour l'éternité. Même de mes chers paroissiens se sont damnés, se damnent et marcheront durant l'éternité sur les serpents venimeux de l'enfer, sur les scorpions de l'enfer (cela ressemble à de petits homards, mais il y en a des gros, et qui mordent), ils auront le corps chargé de lèpre, la lèpre du péché comme on peut en voir dans les pays païens; ils erreront, ces damnés, durant l'éternité dans les flammes qui brûlent sans consumer.

C'est pourquoi il faut bénir Dieu d'être venu parmi nous chercher l'âme de notre jeune Corriveau qui, puisqu'il est mort, n'offensera plus Dieu ni ses Saints. Notre fils Corriveau, après une vie qu'il n'appartient qu'à Dieu de juger, mais Dieu est un juge juste et impitoyable punissant les méchants et récompensant les bons, notre fils Corriveau est mort saintement en faisant la guerre aux Allemands.

Mes frères, ce catafalque noir que vous voyez devant vous et sous lequel a été placé notre fils Corriveau, vous y entrerez tous un jour comme Corriveau y est entré aujourd'hui. Pour vous comme pour lui, on allumera les flambeaux des six anges du catafalque qui symbolisent les flammes qui purifient du péché,[161] ces flammes auxquelles vous serez soumis à cause de votre nature pécheresse et voluptueuse. Vous serez soumis aux flammes de l'enfer si vous ne vivez pas comme les anges qui les portent. Ne perdez pas de vue, mes frères, ce saint symbole de l'église.

Parce que vous êtes des hommes et des femmes, parce que la chair est faible, vous êtes condamnés à périr dans les flammes de l'enfer, périr sans périr, à moins que le Dieu infiniment bon ne vous pardonne vos offenses.

Mes frères, pensez tous les jours de votre vie, plusieurs fois par jour, que ce catafalque où vous viendrez tous sera la porte de l'enfer si vous n'avez pas la contrition parfaite de vos fautes, même de vos fautes vénielles, car Dieu tout-puissant et immensément parfait ne saurait tolérer l'imperfection même vénielle.[162]

Si vous étiez ce matin à la place de Corriveau qui, lui, est mort en saint à la guerre en défendant la religion contre le diable déguisé en Allemands, seriez-vous sauvés?

Moi, votre Curé, à qui Dieu a donné le privilège de connaître, par la très sainte confession, les secrets de vos consciences intimes, je sais, Dieu me permet de savoir que plusieurs parmi vous, blasphémateurs, impudiques, fornicateurs, violateurs du sixième commandement de Dieu qui défend les fautes de la chair,[163] ivrognes, et vous, femmes qui refusez les enfants que Dieu voudrait vous donner, femmes qui n'êtes pas heureuses des dix enfants que Dieu vous a confiés et qui refusez d'en avoir d'autres, femmes qui menacez par votre faiblesse l'avenir de notre race catholique sur ce continent, je sais que sans le Christ qui meurt tous les jours sur cet autel lorsque je célèbre la sainte messe, je sais que vous seriez damnées.[164]

Prions tous ensemble pour la conversion de nos brebis égarées...

La mère Corriveau pleurait; c'était donc vrai, son fils était sauvé!

* * *

Arsène était aussi fossoyeur. Un mort dans le village était, pour lui, un bienfait de Dieu. Il vendait un porc à la famille éprouvée et il creusait une fosse. Depuis longtemps déjà, son fils, Philibert l'aidait dans ses travaux.

Enfant, Philibert, avec sa petite pelle sur l'épaule, suivait son père lorsqu'il allait au cimetière. Arsène était fier de l'enfant: «J'en ferai un bon travailleur.» A cette époque, Philibert était de si petite taille qu'il ne pouvait sortir seul de la fosse creusée. Arsène le hissait en riant au bout de ses bras. Parfois, il s'amusait à le laisser seul dans la fosse et il jouait à l'y abandonner. Dans ce gouffre l'enfant pleurait, appelait son père à se déchirer la gorge. Arsène ne répondait pas: il vaquait à d'autres tâches. Quand il revenait, souvent Philibert s'était endormi. Arsène ramassait une poignée de terre humide et la lui jetait au visage. L'enfant s'éveillait, éperdu:

— Alors, paresseux, on s'endort à l'ouvrage?

Arsène se penchait au-dessus de la fosse, tendait les bras, le soulevait. L'enfant sautait au cou de son père et l'embrassait furieusement. Arsène jubilait.

— Une vraie femelle, ce petit baptême-là: affectueux...

C'est à ce beau temps passé que songeait Arsène quand Philibert lui déclara, au fond de la fosse:

— La terre est gelée comme de la merde de Christ.

L'entendant, Arsène brandit sa pelle et le menaça:

— Mon petit mal embouché, je vais t'apprendre à avoir du respect pour les choses saintes.

Il planta sa pelle par terre, s'approcha de son fils et il lui enfonça sa botte dans les fesses. Le coup était indolore car Philibert avait l'habitude. Il se tourna calmement vers son père:

— Je ne me défends pas parce que tu es mon père, mais à chaque coup de pied que tu me donnes, je pense que j'ai hâte de creuser ta fosse.

Ces paroles ébranlèrent Arsène plus qu'un coup de poing. Il fut un moment abasourdi. Arsène n'était plus le père d'un enfant, mais d'un homme. Philibert était devenu un homme. Le temps avait passé bien vite.

— Tu as raison, fils, la terre est dure comme du Saint-Chrême gelé.

— La terre est dure comme un noeud dans le bois du Crucifix.

— La terre est dure comme le matelas du Pape.[165]

A chaque juron, le père et le fils se tordaient de rire dans la fosse qu'ils avaient presque terminé de creuser. S'ils n'avaient eu les parois de la fosse pour s'appuyer, ils se seraient écroulés, tant ils riaient.

— Fils, écoute-moi. Maintenant tu es un homme. Tu sais parler comme un homme. Ecoute-moi. Parce que tu es devenu un homme, je promets de ne plus jamais te botter le derrière, excepté dans des circonstances particulières...

— C'est vrai que je suis un homme?

— Ne fais pas le naïf... Penses-tu que je n'ai pas remarqué que tu es un petit étalon au printemps?

— C'est vrai que je suis un homme! Hostie de tabernacle, c'est une bonne nouvelle!

— Oui mon garçon, c'est une bonne nouvelle!

Frémissant de joie, Philibert sauta hors de la fosse. Sur la terre rejetée, il se tourna vers Arsène:

— Mon vieux Christ, si je suis un homme, je fous le camp. Tu peux bien t'enterrer tout seul!

— Mon petit Calvaire! rugit le père.

Il fallait terminer de creuser la fosse. La terre était dure, du tuf.[166]

— Petit Christ d'indépendant! A midi, quand tu vas venir demander ta portion de cochon, je vais te botter le cul. Tu vas apprendre ce que c'est que la vie.

Philibert marchait dans la neige vers la gare. Il avait décidé qu'il ne reviendrait plus à la maison:

— Si je suis un homme, je vais devenir soldat comme Corriveau.[167]

Arsène creusait. La terre se détachait difficilement. Le pic mordait à peine. Arsène se dépêchait.

Les premières fois qu'il avait exercé ce métier, il avait encoché son manche de pelle à chaque villageois enterré. Maintenant, il ne les comptait plus. Il avait renouvelé le manche de sa pelle. Tout ce qu'il restait à faire était d'enlever un peu de terre et il ne pensait qu'à ce peu de terre à enlever.

— Cette terre est si froide que Corriveau s'y conservera tout frais jusque tard au printemps.

* * *

Ailleurs dans le monde, c'était la nuit, la guerre. Harami, venu étudier le droit commercial en Europe, avait été emporté dans le remous de la guerre.

Son devoir était de dormir quelques heures dans son sac de couchage mouillé et boueux afin d'être reposé à l'appel qui sonnerait dans quelques heures. Il ne dormait pas. Il était désespéré.

Des coups de feu lointains.

Tant d'hommes étaient morts à côté de lui et partout dans l'Europe et ailleurs, Harami avait vu tant de fois des tripes jaillir d'un ventre ouvert, il avait vu tant d'hommes noyés dans la boue, il avait vu tant de membres arrachés qui jonchaient le sol comme des plantes démentes.

Harami pensait à un homme qu'il avait vu mourir: un nouveau, arrivé la journée même. Au souper, Harami s'était trouvé à côté du nouveau. Il avait posé une question qu'Harami n'avait pas comprise. Alors le nouveau avait parlé anglais avec un très fort accent:

— Es-tu un vrai nègre d'Afrique?

Harami avait été froissé par l'insolence de la question.

— Non, avait-il répondu avec la politesse onctueuse apprise à Londres.

— Y a-t-il bien de la neige dans ton pays?

— Dans les montagnes, oui, il y a de la neige.

— Bon Dieu du Christ, s'étonna le nouveau, s'il y a tellement de neige dans mon village, cela veut peut-être dire que je vivais dans la montagne!

Harami avait souri.

Il y a probablement pas les toilettes à eau fraîche, ici, s'était moqué Corriveau.

— Les w.c. sont là, avait indiqué Harami.

— Il faut faire la queue, attendre son tour. Je ne peux pas.

— Alors, allez de ce côté-là, derrière la haie.

— *Thanks*.

Le nouveau courut en défaisant la ceinture de son pantalon. Il disparut derrière la haie. Harami a entendu une détonation sourde: une mine. Un nuage de terre soulevée. Harami s'est précipité.

Du nouveau, il restait quelques lambeaux de chair et quelques miettes de vêtements sanglants, un portefeuille. En lisant les papiers, Harami sut le nom de Corriveau.[168]

* * *

Lorsque l'on sortit de l'église, c'est le ciel que l'on vit, un ciel très haut, très lointain, profond comme la mer où auraient dérivé des icebergs[169] car les nuages étaient blancs, durs, sous le ciel; quand les yeux se baissaient, la neige s'étendait aussi comme une mer, qui était aussi vaste, et plus, que le ciel.

Les soldats qui portaient le cercueil de Corriveau avaient les yeux fermés car la lumière reflétée violemment par la neige crevait leurs yeux rendus fragiles par une nuit de veille. La mère Corriveau en larmes s'appuyait de tout son poids sur le bras de son mari qui ne pleurait pas mais se répétait que c'était déjà lui que l'on portait en terre. Derrière les vieux parents du défunt, on avait laissé un espace inoccupé, celui des membres de la famille qui n'avaient pu se rendre aux funérailles. Puis les villageois suivaient, muets, celui des leurs qu'ils allaient rendre à la terre et au ciel. La cloche tintait, marquant le pas du cortège. La lenteur était d'une infinie tristesse.

L'on oublia peu à peu Corriveau, tout pris que l'on était à détester la neige dans laquelle on s'empêtrait et qui fondait dans les souliers et les bottes.[170]

Finalement, l'on arriva enneigé, essoufflé, mouillé, grelottant.

Les soldats posèrent le cercueil sur deux madriers jetés en travers de la fosse. Ils se tinrent rigides sur l'ordre du Sergent:

— *Atten...tion!!!*

Les villageois étaient placés en cercle autour.

Le Sergent porta le clairon à sa bouche, gonfla les joues et il souffla. La terre elle-même pleurait sous la neige. Du fond des mémoires qui se souvenaient de Corriveau vivant, les larmes montaient. Ceux qui ne voulaient pas pleurer suffoquaient. Dans sa robe de mariée, Molly pleurait à côté d'Anthyme Corriveau et de sa femme. Seuls les soldats avaient les yeux secs.

Puis, retenant le cercueil avec des câbles qu'ils laissèrent glisser entre leurs mains, les soldats descendirent Corriveau dans sa fosse.

Arsène s'apprêtait à lancer la première pelletée de terre.

— *Wait!* ordonna le Sergent.

Il sauta dans la fosse, retira le drapeau du cercueil de Corriveau et remonta.

— *Now, you may go...*[171]

Le fossoyeur s'empressa de remplir la fosse avec de la neige et de la terre.

Le Curé, sous sa chape noire,[172] jetait de l'eau bénite qui ne tarda pas à geler.

* * *

Pour Bérubé, tout n'était pas fini. Le Sergent lui commanda de trouver dans le village un menuisier qui sût construire un cercueil.

Bérubé revint, dans l'après-midi, avec un cercueil grossièrement fait. L'on y coucha l'Anglais qu'avait tué Henri. L'on recouvrit le cercueil du drapeau de Corriveau.

Bérubé pensait que sa permission allait enfin commencer.

Le Sergent lui ordonna de porter le cercueil de l'Anglais avec les autres soldats.

Ils emportèrent, sans parler, le cadavre du héros mort au devoir.[173]

Molly marchait derrière eux. A cause de sa robe blanche, elle fut la première à disparaître.

* * *

La guerre avait sali la neige.[174]

Avril 1967

# TEXTUAL NOTES

In the following notes only vocabulary which cannot be found in current French-English dictionaries such as those published by Collins/Robert or Oxford/Hachette has been explained. Bibliographical references are only given to those works not already referred to in the Introduction or found in the Selected Bibliography.

**1.** The region of Chaudière-Appalaches, in which Carrier grew up, is mountainous and forested, the lumber industry being one of its chief enterprises. Later, to the soldiers carrying the coffin, the forests appear to stretch endlessly on (p. 18). Carrier remembers: 'C'était un pays de montagnes et les gens étaient surtout des bûcherons qui allaient travailler pendant l'hiver pour des grandes compagnies' ('De Sainte-Justine', p. 265). Pierre Vallières, an imprisoned separatist terrorist, entitled his book about the predicament of the French in Canada *Nègres blancs d'Amérique*. From his socialist revolutionary standpoint, he saw the situation thus:

> Après avoir acheté les meilleures terres, ces capitalistes (i.e. ceux de la Grande-Bretagne et des Etats-Unis) obtinrent du gouvernement provincial de larges 'concessions' forestières et minières. Et cela, presque gratuitement. Les moulins à scie se multiplièrent. Les forêts furent dévastées en un temps record. Des milliers de 'colons' devinrent bûcherons. L'industrie du bois gagna peu à peu toutes les régions du Québec et la grande majorité des cultivateurs commencèrent à vendre leur force de travail aux compagnies forestières, du moins pendant quelques mois, chaque année. (p. 45)

**2.** The first example of the swearing which characterises the novel. French Canadians have traditionally sworn so freely that they have earned the title 'race de sacreurs'. For the most part their cursing has had blasphemy as its source, and even in the twentieth century the Catholic Church has organised *campagnes contre le blasphème*. Joseph's curse is not as flamboyant as examples later in the novel, probably because he has no audience. *Leurs* is plural because it agrees with the last word of the curse. The same rule applies to gender, see note 60.

**3.** Joseph plunges the stump of his arm into the snow in the hope that the cold of the snow will help to staunch the flow of blood. Bérubé has similar recourse to snow for a split lip (p. 22), as has Amélie for Arthur's cut cheek (p. 43).

**4. leur maudite guerre:** Canada declared war on Germany on 10 September 1939, a week after the British declaration. Although no year is mentioned in the text (indeed, the war itself is not specifically named), the events would appear to take place around 1943. It is mentioned, for example, that Corriveau left in the early autumn three years ago (p. 8). The use of *leur* bears witness to a sentiment felt by many French Canadians that it was not their war, but rather one imposed upon them by the federal government. In both world wars the issue of conscription has strained the Canadian confederation, the French consistently voting against conscription for overseas service and the English consistently in favour of helping the mother country. Bergeron writes:

> Les Québécois sont prêts à lutter quand il s'agit de défendre le Québec mais ils n'ont aucune envie d'aller se faire massacrer pour défendre les intérêts des puissances colonialistes. ... Les Québécois refusaient de se faire mettre l'uniforme sur le dos pour se faire expédier outre-mer comme chair à canon anglaise'. (*Petit Manuel*, pp. 197-8)

Renald Bérubé comments on Joseph's action: 'L'automutilation est pour lui la seule forme de résistance possible' (p. 149).

*Maudit* is one of the most common curses in French Canada, being used more often in Canadian French than in standard French. It can even be used adverbially as in 'Tu as un maudit beau veston', i.e. *très beau*. 'Maudits Anglais' is one of the most familiar of French-Canadian curses; see pp. 14, 26, 29, 62.

**5.** Corriveau *fils*, son of Anthyme and Floralie Corriveau, who is mentioned here for the first time, is not provided with a first name within the novel. Nevertheless, in interview, Carrier once called him 'Jean Corriveau' (Dorion and Emond, p. 31). The wedding night of his parents will form the subject of Carrier's next novel, the second of the trilogy but the first chronologically, *Floralie, où es-tu?*. In *La Guerre, yes sir!*, Corriveau's mother is not yet given a first name. The family name, however, has appeared at least once before in a Quebec novel. In one of the first, Philippe Aubert de Gaspé's *Les Anciens Canadiens* of 1863, Chapter 4, entitled 'La Corriveau', makes use of the tale of Marie-Josephte Corriveau who was tried and hanged for the murder of her husband in 1763. Her dead body was then suspended in an iron cage by the roadside before mysteriously disappearing, the buried cage being discovered in 1850. In the novel the dead woman appears as a witch in a ghost story related by one of the characters.

**6.** The comically grisly opening sets the tone of a novel in which blood and violence play a large part. Nardout-Lafarge has seen the significance of the title of the novel demonstrated in this first action:

> Ainsi, dès la première page, se trouve expliqué le sens du titre, bilingue et dialogique: l'adhésion à la guerre ne peut se dire qu'en anglais; en français, et surtout en actes, c'est au contraire son refus qui s'exprime. (p. 56)

**7. la mélasse:** molasses, or treacle, here used as in the English North American phrase 'slow as molasses'.

**8.** The first Canadian expeditionary force sailed for England in December 1939. By late 1942 there were five divisions overseas, all training in England. In April 1942 the First Canadian Army was formed there. Aside from the unsuccessful Dieppe raid in August 1942, the 170,000 Canadians were not required to fight until 1943.

From the beginning of this paragraph (until p. 7) there is a flashback during which is charted Arthur's progress into Amélie's affections and into her house.

**9.** The Roman Catholic Church in Quebec looked with suspicion on Europe. The fact that France had had a revolution made the mother country itself morally suspect. Bergeron comments on how in the mid-nineteenth century Quebec decided to take upon itself 'le rôle de civilisateur de la France en Amérique parce que...après tout, la France, "Fille aînée de l'Eglise", n'a plus droit à ce rôle parce qu'elle a fait une sale révolution qui a combattu le clergé' (*Petit Manuel*, p. 114). With Quebec having remained loyal to the *Ancien Régime*, British rule could even be viewed in a positive light. Priests had been known to preach: 'Dieu a béni les Canadiens français en les préservant de cette France républicaine et voltairienne' (Lacroix, p. 28).

**10.** Bergeron comments on the historical situation:

> Au lieu de laisser au peuple québécois la liberté de décider pour lui-même la façon d'aider les puissances alliées à combattre le fascisme hitlérien, Ottawa a imposé sa façon de participer à la guerre sans tenir compte de la volonté du peuple québécois.
>
> Cette façon de gouverner, cette façon de garder le Québec comme réserve à exploiter, Ottawa l'a toujours maintenue. (*Petit Manuel*, p. 205)

**11.** French Canadians have traditionally seen themselves as 'un petit peuple né pour un petit pain'. In the other two volumes of the trilogy any mention of *Canadiens français* invariably seems to have *petits* preceding it. Bergeron dates such feelings of inferiority not just to the conquest but also to the failure of the Rebellion of 1837:

> Les habitants qui ont versé leur sang pour produire un tel échec, ont été profondément déçus, se sont sentis trahis, se sont repliés sur eux-mêmes, se sont résignés à leur sort de colonisés, d'hommes toujours diminués, réduits au rôle de porteurs d'eau nés pour un petit pain. L'effort des habitants durant la Rébellion a été si grand que l'échec les a abattu [*sic*] pour un siècle. (*Petit Manuel*, p. 112)

Experience as well as the lessons of their elites taught French Canadians that poverty was their lot in life. In *Floralie* Anthyme says to his priest: 'Je suis pauvre comme le bon Dieu veut que les Canadiens français le soient' (p. 155). Carrier has spoken of what he was taught as a child:

> Dieu nous avait créés non pas pour venir sur la terre mais pour passer sur la terre. Et ça serait plus facile d'entrer dans le royaume des cieux parce que nous étions pauvres alors que les riches, ceux pour qui nos hommes travaillaient à l'extérieur... C'étaient des Anglais... ils ne pouvaient pas entrer dans le royaume des cieux. ('De Sainte-Justine', pp. 266-7)

*Les gros* versus *les petits* will be one of the themes of the novel.

**12. c'est-il:** regionalism for *est-ce*.

**13.** A large number of children was traditionally a characteristic of the French-Canadian family. Large families were encouraged by the Church, as will be seen later in the curé's homily over Corriveau's grave (p. 68), as a way of keeping French numbers high in a country where French speakers were a minority. In *Floralie* the man's view of his wife's role is to provide a new child every year. Anthyme says there of a man's role: 'il a beaucoup d'enfants: chaque automne, la grange est pleine comme un oeuf et dans la maison il y a un enfant nouveau' (p. 110). Indeed, Carrier has said, in passing, of his own mother: '...quand ma mère était enceinte (c'est-à-dire tout le temps)....' ('De Sainte-Justine', p. 271). Certainly to the anglophone soldiers large families are typical of French Canadians (p. 53). Amélie has four children by Henri and apparently two sets of twins by Arthur. We are told Arsène has fourteen children (p. 9), and the Corriveau family seems similarly albeit rather vaguely large. Other novelists of the 1960s also satirise the large French-Canadian family. Vagueness as regards the number of children is found, for example, in Marie-Claire Blais' *Une saison dans la vie d'Emmanuel* with 'les petites A' and 'les grandes A', an unquantified number of daughters whose first name begins with A. With so many children it is also quite common for some to die young or for one or more to be sick or disabled. A proud man in *Floralie* declares: 'Avec une seule jambe, rien qu'une jambe, j'ai fait à ma femme vingt-trois enfants, tous vivants, excepté cinq qui sont morts' (p. 131). In the Blais novel, the central character Jean Le Maigre suffers from tuberculosis and dies halfway through the book. Here one of Amélie's and Henri's children is called 'l'enfant qui louchait'. In the final volume of the trilogy Philibert witnesses the nightmarish procession of the twenty-one deformed and disabled children of Jonas Laliberté. Jonas and his wife thank God: 'Ils ont été élus pour être les protecteurs des vingt-et-un petits anges que Dieu a choisis dans son ciel pour les envoyer représenter sur terre sa justice et sa bonté' (p. 27). As the novel begins, Amélie is pregnant again (p. 7).

**14.** If Henri was stationed in England with the First Canadian Army, his leave would not have involved sending him back to Canada 'pour quelques jours', no matter how tired he was. Bailey comments that Henri returns like Agamemnon 'with less military glory, but to the same kind of situation at home'. Although that situation is comic, she also sees it as providing 'food for serious reflection': 'War creates situations in which conventional, peace-time morality places an intolerable strain on human nature'. Of Amélie and the villagers generally she declares:

> With the Church threatening hellfire in the background, these people of the 40s look at their situation and do what their conscience tells them is the best thing in their wretched circumstances. (p. 45)

**15. un hostie d'Allemand:** In English we are used to the names God, Jesus, and Christ being taken in vain, but in a strongly Roman Catholic society such as French Canada the inhabitants also have recourse to the various Christian sacraments. Here the host, the bread consecrated in the celebration of the Eucharist, or sacrament of Holy Communion, is turned into an oath against the Germans. A translation might simply be 'a damn German'. Elsewhere in the novel the host will be found attached to a variety of nouns, e.g. 'l'hostie de paix' (p. 9); 'un hostie de poil' (p. 12). *Hostie* is one of the most common of swearwords in Canadian French, sometimes found written as *ostie* or shortened into the interjection *stie.* In this last form it is a characteristic verbal tick of the hero of Jacques Godbout's novel of 1967, *Salut Galarneau!*. The degrading of what is holy can be perceived as rebellion against the official ideologies of this society, as a carnivalesque liberation from the fears and strictures of official culture.

**16.** Flashback finishes with return to the narrative of p. 4.

**17. cette tabernacle de guerre:** a curse making use of the receptacle in which the consecrated bread for Holy Communion is kept.

**18.** Desertion was a significant problem in the Canadian army, particularly in late 1943 and '44 when desertion among conscripts became endemic. Bergeron offers the following statistics:

> [Quant] aux soldats eux-mêmes, sur 10,000 devant se présenter pour s'embarquer pour l'Europe le 3 janvier 1945, 7,800 manquaient à l'appel. Sur un total de 18,943 déserteurs le Québec en comptait près de 10,000.

He then comments:

> Ces Québécois tous en uniforme et prêts à défendre leur pays jusqu'à la mort s'il était attaqué, refusaient d'aller se faire bousiller en Europe pour les intérêts de l'Angleterre, de la France et des Etats-Unis.
>
> (*Petit Manuel*, p. 204)

Nevertheless, as such figures show, desertion was not confined to French-Canadian soldiers. Although Arthur earlier claimed that he was being chased by the military police with dogs (p. 5) and Henri lives in fear of being hunted out, the Canadian army actually made little effort to apprehend deserters. Some commanders lamented the fact that it was so easy to desert successfully, and claimed that desertion was actually encouraged by the army's failure to attempt to stop it.

**19.** A threefold curse which bears witness to the inventiveness of swearing in Quebec. The chalice is the cup used to hold the wine during Holy Communion.

**20.** The tense used in this construction betrays the influence of English. However, the standard French construction has been used earlier: 'Henri était parti depuis plus d'un an' (p. 4).

**21.** Probably out of a desire for grammatical accuracy, in the 1996 edition this verb was changed to 'je m'en souviens'.

**22.** *pisser dans le son:* 'être froussard, prendre peur' (DesRuisseaux).

**23.** *échauder*: 'Oter le poil d'un animal de boucherie par le moyen de l'eau chaude' (Bélisle). In *Il est par là, le soleil* the chase, the catching, and the killing of a pig by Arsène and Philibert are shown (pp. 17-18).

**24.** Philibert compares the gutted pig, stretched out on a vertical rack, to Christ on the cross at Calvary, the hill outside the walls of Jerusalem where Christ was crucified. Strictly speaking he is not blaspheming. His father's over-reaction, although comic, is based in Church teachings against blasphemy, 'le blasphème étant la cause des maux qui nous affligent' (Pichette, p. 129).

One is in the realm of grotesque imagery here. Slaughter, dismemberment, disembowelling all remind us of our materiality; but ambivalence characterises such images as well, since the pig is to be transformed into abundant food for the wake. Through its death, we shall live. Making a comparison with Christ, through whose death we gain eternal life, brings the sacred down to earth, reminding us of Christ's humanity in contrast to the disembodied

Christ of the Church. The play of upper and lower sphere, of top to bottom, of heaven and earth is typical of carnivalesque inversions. Philibert's naïve but merry comparison reveals what Bakhtin would call a 'gay truth' (p. 172) which clashes with the narrow-mindedness of Arsène's world-view, the product of the fear and oppression of intimidating official ideologies.

**25. fièvre aphteuse:** foot and mouth disease.

**26.** Arsène's violence towards his eldest son undermines the image of the large, happy French-Canadian family. In the light of such habitual treatment, Philibert finds it impossible to obey the commandment: 'Honore ton père et ta mère que tes jours soient prolongés sur la terre que l'Eternel ton Dieu te donne'. He therefore longs to leave the village, as so many other young men have. On departing for the army, Corriveau's last words to Arthur were ironically 'Enfin je vais avoir la paix' (p. 8). Arthur also casts doubt on whether Corriveau ever intended to return to the village. Philibert will leave at the end of the novel, ostensibly to join the army. Although he does not manage to, the saga of what happens to him forms the subject of the third volume of the trilogy. There he will say: 'J'aurais voulu faire la guerre pour m'en aller loin, sauter le mur...' (*Il est par là, le soleil*, p. 94). The flight to the cities by young men deserting the countryside was indeed a problem which exercised the minds of the French-Canadian elites. In *Floralie* there is an example of a politician earlier in the century inveighing against the arrival of the railway:

> A titre de candidat officiel de l'Opposition dans ce comté, je veux m'opposer jusqu'au dernier moment et jusqu'à mon dernier souffle à cet engin, à cette locomotive, à ce train qui jette déjà le désordre matériel et moral dans notre calme campagne et qui, aujourd'hui, sème les graines du regret que nous récolterons dans quelque temps. Avec ce train qui va vers les villes, croyez-vous que nos enfants resteront avec nous à la campagne? ... Restons chez nous.
> (p. 38)

**27.** The name of the Virgin Mary, mother of Jesus Christ, is here taken in vain.

**28. tête d'oiseau:** *cervelle d'oiseau*, i.e. bird-brain.

**29.** By *Anglais* is meant English-speaking Canadians. Although nothing is made of it, any detachment of seven Canadian soldiers would probably contain sons of non-English immigrant families. There could be Italian Canadians or Polish Canadians or Ukrainian Canadians, many of whom could be Roman Catholic themselves. For the purposes of the novel, it appears that we are meant to view them all as *Anglais* of English Protestant stock.

**30.** The Canadian government did not repatriate the bodies of soldiers killed overseas during the war. Carrier has said that, as a schoolboy, he witnesseda soldier being returned, but his mother has clarified the situation by mentioning that the young French Canadian in question had joined the American army (see Introduction, p. xvi). The United States does have a policy of repatriation. Fallen Canadian soldiers lie in cemeteries administered by the Commonwealth War Graves Commission. Although inspired by an actual event, the essential premise of the novel is thus fantastical . Indeed, it is highly unlikely that enough of Corriveau, who is blown up, would have been left to ship home.

**31.** Carrier felt similarly as a child in his village. The English were:

> ceux pour qui nos hommes travaillaient à l'extérieur... Ils n'habitaient pas au village. Ces gens-là n'avaient pas une existence physique, ils étaient invisibles. Ils se manifestaient par les règlements, par les exigences qu'on avait, chaque bûcheron devant couper tant de bois et ainsi de suite. C'est la façon dont les possesseurs se manifestaient. ('De Sainte-Justine', p. 266)

**32.** Bralington is an imaginary place, but in the regions of La Beauce and Chaudière-Appalaches, the area south of Quebec City running to the American border by the state of Maine, amidst the number of places named after saints, there are towns with English names such as Armstrong or Robertsonville, or others which link the two ethnicities: Sainte-Rose-de-Watford, Saint-Pierre-de-Broughton, or Saint-Jacques-de-Leeds. Often the station, as here, is at quite a distance from the town itself. The landscape of this area of Quebec is one of forests and hills, since it is at the northernmost limit of the Appalachian mountain range. Carrier himself grew up in this region, in Sainte-Justine in Dorchester county.

Going by Amélie's statement: 'Corriveau...arrive demain' (p. 8), the second day must begin here.

**33.** The use of *avoir* with *monter* and *sortir* in this context is a regionalism.

**34.** **ciboire de sauvage:** a curse using the ciborium, the receptacle designed to hold the consecrated bread or sacred wafers for the Eucharist, often shaped like a shrine or a cup with an arched cover.

**35.** One assumes that he means the Royal Canadian Navy, *la Marine royale canadienne*. He mentions the fact twice again (pp. 13, 14).

**36.** The habitat of polar bears is the Arctic Circle, the James Bay region being the southern limit of their range. This is still some 1000 kilometres north of the novel's setting: there would thus never be any danger of finding polar bears this far south in Canada.

**37.** With its list of names, only one of which is French, the station-master's manifest bears witness to the English domination of the worlds of business, commerce, and manufacture. Some of these product names do exist:

e.g. *Clark's* [sic] *Baked Beans*, *Black and White* Scotch whisky. Until recently *Eaton's* was one of Canada's largest chains of department stores and mail-order catalogue firms. During the terrorist bombing campaigns of the 1960s, the main Montreal branch of Eaton's was targeted several times. One of the stipulations of Quebec's *Charte de la langue française* of 1977 was that shop signs facing the street must be in French. Having dropped the English possessive to its name in French Canada, *Eaton's* became simply *Eaton*. In *Il est par là, le soleil* when Philibert gets a job as manager, he anglicises his name: 'OK. Maintenant je m'appelle Phil. Monsieur Phil. Mister Phil. Manager!' (p. 108). He later plans to learn English 'parce que l'anglais est la langue des affaires, des petites et des grosses affaires' (p. 132).

**38.** Baptism, another Christian sacrament, used as a source of swearing.

**39.** An example of French Canadians seeing themselves as second-class citizens not just in Canada, but in Quebec as well, doomed to service jobs like opening and closing doors for the wealthier, more powerful English elites. Even in the army, Bérubé's job is to clean the toilets (p. 19), while Henri at least part of the time sweeps floors (p. 4). In the play version Bérubé comments: 'Mais un général canadien-français, ça se fait pas' (I, 6). Writing of the post-war period, Bergeron comments:

> [Les Américains] contrôlent avec les capitalistes canadiens-anglais tout le secteur primaire, le secteur d'extraction des ressources. Ils s'emparent graduellement du secteur secondaire, le secteur de transformation des matières premières en produits finis ou semi-finis. Le Québécois dans tout ça, c'est le gars au fond de la mine, le scieur de bois, le porteur d'eau, l'ouvrier qui travaille comme un chien pendant que les capitalistes américains et leurs agents canadiens-anglais nous volent nos ressources avec nos propres bras. (*Petit Manuel*, p. 206)

Indeed, the title of Pierre Vallières' book *Nègres blancs d'Amérique* was not the first time the comparison had been made. Bergeron cites an English-Canadian politician of the 1850s as saying: 'les "nègres sont la grande difficulté des Etats-Unis et les Canadiens français celle du Canada"' (*Petit Manuel*, p. 123). Vallières wants to encourage the workers of Quebec to take control of the economic and political powers that govern them:

> car autrement ils demeureront encore, pendant des générations, 'les nègres blancs d'Amérique', la main d'oeuvre à bon marché qu'affectionnent les rapaces de l'industrie, du commerce et de la haute finance, comme les loups affectionnent les moutons. (p. 19)

The theme of *les gros* and *les petits* which is then developed takes us beyond the Canadian context into a general comment on the human condition – from which *les Français*, i.e. the French of France, are not excluded. The image of the soldiers sitting on the coffin having a smoke is carnivalesque.

**40.** *marier* in Canadian French can be used transitively on the model of *épouser*, where in standard French it would be: *se marier avec quelqu'un*.

**41. «arrache ta main...feu»:** a reference to Mark 9: 43-7: 'Or, si ta main te fait broncher, coupe-la; il vaut mieux que tu entres manchot dans la vie, que d'avoir deux mains, et d'aller dans la Géhenne, au feu qui ne s'éteint point'(v.43). Verse 47 begins: 'Et si ton oeil te fait broncher, arrache-le'. Until the 1996 edition, a typographical error was responsible for the spelling: 'jette-là'.

**42.** The 1996 edition omits this 'de neige', undoubtedly on the grounds of redundancy.

**43.** The boys are playing ice hockey in the road. They will not be on skates, but will be sliding on the icy road surface. The use of Joseph's severed hand as a puck propels an ordinary schoolboys' pastime into the realms of the grotesque. *Le goal* indicates that much of the vocabulary of this most Canadian of sports is English. French Canadians have, nevertheless, made their own cognates based on the English original: *goaleur* for goaltender, and *goaler* as the verb 'to tend goal, to be in goal'. However, attempts have been made to make the English words phonetically French as well. In Bélisle one finds *les gaules, gauleur,* and *gauler*. On the other hand, the *Dictionnaire correctif du français au Canada* of 1968 does not approve of such anglicisms and recommends using the standard French *but*, *gardien de but*, and *garder le but*.

**44. les bordels de la ville:** The Roman Catholic Church has always tried to keep Quebec's population in the countryside. Cities had thus been depicted as places of sin and temptation, away from which good God-fearing French Canadians should stay: 'Foyer pestilentiel: la ville est le tombeau de la catholicité québécoise' (Linteau, Durocher, and Robert, *Histoire*, I, 702). It is not strange, therefore, that Mme Joseph should associate *les bordels* with *la ville*. See also notes 80, 83.

**45. zizoui:** humorous euphemism for penis. In *Le français populaire au Québec et au Canada*, Proteau lists 1183 words for penis. Fourteen are on the model of the standard French *zizi: zig zag, zigoune, zing, zizine, zouzoune, zozo*, etc.

**46.** For 'l'enfoncer' the 1996 edition reads 'renfoncer'.

**47.** *dériver*: to drift, as of snow.

**48. fendre:** It is so cold that the soldiers' lips are dry and chapped to the point that any movement of their lips would cause them to split.

**49. Terre-Neuve:** Newfoundland was claimed for England by John Cabot in 1497 and remained a British colony until 1949 when it became Canada's tenth province. During World War II Newfoundland played a strategic role in the Battle of the Atlantic with large naval and air bases being established there.

**50.** In that it is fog-free, Gander was developed from 1935 as the major refuelling stop for British and Canadian transatlantic flights. By 1938 it was one of the largest airports in the world and became a major base for the Allied air forces during the war, forming an important Atlantic patrol base and a vital strategic link in the North American chain of defence.

**51.** Although a member of one of the founding nationalities of Canada, Bérubé does not find himself on an equal footing with his English-speaking compatriots. He is here grouped with more recent immigrants, cleaning toilets, and having to learn English. In *Il est par là, le soleil*, Philibert is taken for an immigrant because he doesn't speak English. In a wealthy English-speaking neighbourhood of Montreal, a lady says to him: Oh! Poor boy... You don't speak English.... Are you an Italian?' (p. 40). Similarly in the play *La Guerre, yes sir!* the soldiers, on arriving in the village, exclaim: 'They aren't Canadians.... They're Italians' (II, 2). The theme is again that of the French Canadian as second-class citizen in his own country.

With the next paragraph there begins a flashback to the meeting of Bérubé and Molly.

**52.** For *attraper* read *rattraper* in the 1996 edition.

**53. veule:** *mou, faible* (Beauchemin). The implication is that Bérubé is unable to get an erection.

**54.** The fact that the thought of sex outside marriage provokes images of hellfire and damnation in Bérubé shows in what way Christian moral principles have been drummed into him. Having obtained Molly's consent to marry him, Bérubé's conscience is clear. Note the reversal of the usual order of things: consummation, marriage ceremony, wedding dress. In *Floralie*, which deals with the wedding night of the Corriveau parents, Anthyme confesses that 'avant de prendre Floralie, j'ai attendu que le prêtre me dise de façon officielle de sauter dessus: pas avant, parce que moi, j'ai pris l'habitude d'être un garçon honnête' (p. 118). Sutherland declares that references to sex in English- as well as French-Canadian literature are marked by a 'particular Canadian Calvinist-Jansenist flavour'. Although Canada shares with the United States a Puritan ethos which distorts sexual relations, he nevertheless finds that in American literature the reaction to Puritan restrictions tends more towards defiance. Like Atwood, he concludes: 'The tendency in Canadian literature seems to lean in the direction of impotence and incapacity to act, or an impetuous and foolish action entirely devoid of satisfaction'; he quotes at length from this scene as 'an excellent parody of this kind of reaction' ('Calvinist-Jansenist', pp 70-1).

**55. le *Padre*:** English military vocabulary for 'chaplain', *aumônier*.

**56.** Flashback ends.

**57. autos-neige:** snowmobiles. The 1996 edition spells it *autoneiges*.

**58. le *Satanique*:** Although this name may be entirely invented, during the Battle of the St Lawrence in September 1942 the Dutch vessel *Saturnus* was sunk by a U-boat . Throughout the summer and autumn of that year, U-boats attacked five convoys, sinking seventeen merchant ships, a loaded troop-ship and two warships. *Satanique* might be an example of typical soldier's slang for *Saturnus*, or Bérubé's Catholic upbringing may lead him to confuse the name.

**59.** With Molly's disgruntlement one has a second example of tension between English and French in the novel.

**60.** Bérubé here blasphemes the Virgin Mary as he curses his injury; there is a certain irony as he then uses a similar curse to swear at Molly. Grammatically, the gender of the article is determined by the final word of the curse. See also 'ce Vierge de protestant' (p. 66).

**61. que je te dis:** a canadianism for *te dis-je. Le Glossaire du parler français au Canada* has s.v. *que*: 'Explétif, dans certaines phrases où les verbes *dire*, *répondre*, etc. font partie d'une proposition incise'.

**62. sur le cant:** *sur le côté* (Bergeron, *Dictionnaire de la langue québécoise*).

**63. Vieux pape de Christ:** Note that later (p. 26) this oath has changed to 'Vieille pipe de Christ'. Anthyme can thus ring the changes on his favourite oath by the change of a vowel. He does so again later (pp. 40, 41). See also note 106.

**64. nous le prendre de force:** This would appear to be a reference to conscription, which in both world wars divided Canada sharply along ethnic lines (see note 4). Enlistment for home defence was introduced uneventfully in June 1940. In April 1942, however, the federal government held a plebiscite to allow it to introduce conscription for overseas service. Quebec voters voted 72.9% against; other provinces, 80% in favour. A bill was then passed to authorise conscription for overseas service if it was considered necessary. Nevertheless, in the course of the novel, Père Corriveau mentions having thrown his son out of the house (p. 35), and, since we are told the son was anxious to leave home, one can assume that he signed up quite willingly. Therefore, it is likely that in his overwrought state the boy's father blames everything to do with the war on *them*, as did Joseph at the beginning of the novel. Compare his wife's reaction: '...ces maudits Anglais. Ils m'ont arraché mon fils,...' (p. 26).

**65. le drapeau britannique:** Until 1965 the Canadian flag was the Union flag of Great Britain. After much debate the present flag, consisting of a stylised red maple leaf on a white background flanked by two broad bands of red, was adopted. Although the soldiers fold up the flag (see following paragraph), it is found back on the coffin later (pp. 30, 37). Nepveu calls this misunderstanding over the flag 'un bel exemple de matérialisation grotesque: ce qui est symbole pour l'être «civilisé» devient ici simple objet pour l'être sauvage' (p. 51).

**66.** In the Roman Catholic Missal, in prayers for the *Commémoraison de tous les fidèles défunts* (2 November), one finds phrases like: 'Qu'ils reposent en paix...parmi vos Saints'; likewise in the *Liturgie des défunts*. As the wake progresses, the prayers at the coffin will become increasingly mangled. Anthyme's attempt, which follows, offers the first such example.

**67.** In Roman Catholic doctrine, purgatory is the place or state in which souls are purified after death so that they can enter heaven. Fire is the purifying agent, but the punishments in purgatory are in proportion to each person's sinfulness on earth. Masses, prayers for the dead, and the good works of those left on earth can lessen a soul's purgatorial sufferings. Purgatory is thus an intermediate state of temporal punishment which will ultimately lead to everlasting life with God in heaven. Hell, on the other hand, is a place of eternal damnation for those who, like the fallen angels, are deliberately estranged from the love of God. Punishment in hell is conceived both in the sense of denial of God's presence and eternal physical suffering through fire and other tortures. Purgatory was one of the doctrines rejected by the Protestant Reformation as having no basis in Sacred Scripture. See also pp. 34, 37.

**68.** Here Anthyme mangles the opening sentence of the 'Hail Mary' or *Ave Maria*, a prayer which comprises the greeting of the angel Gabriel to the Virgin Mary at the Annunciation and Elizabeth's greeting to her kinswoman Mary at the Visitation. It is the most familiar of all prayers addressed to the Virgin Mary and is used by Roman Catholics as a devotional recitation. It begins: 'Je vous salue, Marie, pleine de grâce; le Seigneur est avec vous, vous êtes bénie entre toutes les femmes, et Jésus, le fruit de vos entrailles, est béni.' The word *Benédict* represents a confusion between the French and Latin texts, the latter of which reads: 'benedicta in mulieribus, et benedictus ventris tui Jesus'. Such travestied prayers are typically carnivalesque, bringing the sacred down to earth through parody and laughter.

**69.** We never learn a great deal about Corriveau, his role being that of a catalyst. Here he comes across as having been a rather unsettled young man with little purpose in life. There is something of Don Juan about him not only in his way with women but also, as here, in his challenging God to strike him down. Later we learn that it was his father who threw him out after yet another night out getting drunk and fighting (p. 35). Arthur implies that he wanted to leave anyway and that he did not intend to come back (p. 8). Once again the idyllic image of the happy French-Canadian family is undermined. We do actually see him briefly in a flashback to his death (p. 70). Wainwright comments in his review of the translation:

> While the villagers pray that the young Corriveau's body not remain too long in purgatory, Carrier transforms the village itself into a kind of absurd purgatory where Corriveau becomes a Christ figure around whom the villagers congregate and seek salvation.
>
> ('War as Metaphor', *Saturday Night*, 85 [May 1970] 42-3)

If his first name was intended to be Jean (see note 5), Corriveau's initials would suit such an interpretation. In the play version we see Corriveau a second time in flashback as the scene of his leaving is dramatised (II, 9).

**70.** In the Bible soiled garments are a general symbol of sinfulness. When Christians were baptised, they were clothed in white garments to symbolise their new purity. The baptismal white garment also becomes the symbol of the body which will be glorified at death and in the general resurrection. In the book of Revelation (7:9), as part of the vision of the salvation of the righteous, we are told that they stood before the throne and the lamb robed in white.

**71.** The *tourtière* is one of the most famous dishes of French Canada. A kind of meat pie, its ingredients vary from region to region, Mère Corriveau's being made from Arsène's slaughtered pig. The exaggerated size or number of foodstuffs is carnivalesque, being 'one of the oldest forms of hyperbolic grotesque' (Bakhtin, p. 184). Even the number she has produced is grotesque. Had she produced twenty, the effect would not have been the same for rounded numbers are stable and complete, while an uneven number like twenty-one has, in its unbalanced and unstable nature, a 'grotesque soul' (Bakhtin, p. 465).

There is no separation between this section and the next in the 1996 edition.

**72.** Mère Corriveau has candles which have been blessed and ordinary candles which she can use according to the severity of the occasion and of her fear. Discussing Quebec catholicism at the end of the 19th century, Hamelin writes:

> Le catholicisme vécu des Canadiens français serait celui de toute religion prétechnique, où l'incapacité de maîtriser la nature par la science et la technologie incite les croyants à se projeter dans un monde merveilleux pour trouver la raison d'être et la maîtrise des phénomènes naturels, de même que pour garantir la pérennité des traditions constitutives du groupe.
>
> (I, 50)

See also note 105.

**73.** ***requiescat in pace:*** the Latin for 'qu'il repose en paix' in the *Office des défunts*, or of the English 'Rest in Peace', R.I.P.

**74.** Such reasoning betrays the thinking of the years before ecumenism. The Roman Catholic Church in Quebec demonised Protestants as heretics who had broken up the universal church with their Reformation, who denied papal authority, and who, in the case of Canada, spoke the language of the conquerors. Carrier has commented on the way the English were looked upon when he was a boy:

> Ils n'étaient pas païens, c'était même pire que les païens parce qu'ils n'appartenaient pas à la bonne religion. On pardonnait aux païens d'être païens parce qu'ils n'avaient pas d'enseignement sur la religion, mais on ne pardonnait pas aux protestants d'être protestants parce que c'est une erreur religieuse et surtout s'ils étaient riches: alors là ils ne pouvaient pas entrer dans le royaume des cieux. ('De Sainte-Justine', pp. 266-7)

With the 1960s, in the wake of the Second Vatican Council, 'les Protestants ne sont plus nécessairement ces *maudits Anglais hérétiques*' (Lacroix, p. 38).

**75.** Standard French would use *penser à* here.

**76.** *faire du charme à quelqu'un*: to make eyes at someone.

**77.** Further fragments of prayers for the dead, some of which are again from the 'Hail Mary': 'Sainte Marie, Mère de Dieu, priez pour nous, pauvres pécheurs, maintenant et à l'heure de notre mort'. Note the *liaison mal-t-à propos* where a redundant *z* has been added to *Accueillez-le au royaume du Père.*

**78.** **grands jours:** special occasions.

**79.** Collective food is carnivalesque. As Bakhtin comments: 'No meal can be sad. Sadness and food are incompatible (while death and food are perfectly compatible)'(p. 283). In the banquet imagery of food, drink, laughter and revelling resides the triumph of the body over the world, of life over death. The Corriveau wake, in its universalism, is a 'feast for all the world', 'the essence of every carnivalesque celebration' (p. 223). Food and drink are abundant, Anthyme's cider banishing fear and seriousness, liberating from morbidity and sanctimoniousness. Bakhtin quotes Rabelais' priestess of the Holy Bottle: 'The greatest treasures are hidden underground, and the wisest of all is time, since it will reveal all riches and all secrets' (p. 403). Anthyme's buried cider has over many years been absorbing 'les forces merveilleuses de la terre', the image again being ambivalent: on the one hand, earth, and death, and being devoured; on the other, the victorious devouring body celebrating being alive.

**80.** **ne partent plus pour la ville:** The 1996 edition has 'ne partent pas', but this change was not authorised by Carrier. The theme is again that of young men leaving the countryside, enticed away by the greater attractions of the city. Fournier has called the city 'symbole par excellence de l'Interdit dans la civilisation cléricalo-canadienne-française' (p. 127). See also notes 44, 83.

**81.** Until the 1996 edition the past participle was written *vus*. This was grammatically incorrect as *en* is not a preceding direct object.

**82.** A bizarre change in the 1996 edition turned *poussaient* into *polissaient*.

**83.** Once again, the city is seen as the seed-bed of all depravity and as capable of perverting the village's young men. Lacroix has written of the 1940s: 'Prônes et serments dénoncent la ville comme un lieu maléfique, inventé par Lucifer et antithèse d'une société saine' (p. 31). The mispronunciation of *homosexuel* is both comic and revealing of the villagers' naïvety.

**84. un coq:** *le coq du village* means a womaniser.

**85.** Most of the fragments of prayers are once again from the 'Hail Mary' (see notes 68, 77). Note the confusion of *pêcheur/pécheur* and *repas/repos*, the sacred being brought down to earth again by thoughts of eating, 'one of the most significant manifestations of the grotesque body' (Bakhtin, p. 281).

**86. avés:** *Ave Maria*, or 'Hail Mary' (see note 68).

**87.** Carrier plays on the stereotype of the English being fair and the French being dark. The tradition is a longstanding one for, a century earlier, one of the first French-Canadian novels, *Les Anciens Canadiens* of 1863, did likewise with its joint heroes: the French Canadian Jules d'Haberville ('Son teint brun, ses gros yeux noirs, vifs et perçants, ses mouvements saccadés, dénotent en lui l'origine française', p. 27); and the Scot Archibald Cameron of Locheill ('Ses beaux yeux bleus, ses cheveux blond châtain, son teint blanc et un peu coloré, quelques rares taches de rousseur sur le visage et sur les mains, son menton tant soit peu prononcé, accusent une origine étrangère', p. 28). Later the soldiers will also be described as 'longs et maigres' (p. 52), again in contrast to the French being typically shorter.

**88.** The English soldiers have not been presented in such a bad light so far, but here we see the beginning of the deterioration in French/English relations. Although one of the soldiers had earlier talked of being so hungry (p. 19), they now refuse to eat.

**89.** On purgatory and hell, see note 67.

**90. que je lui dis:** a canadianism for *lui dis-je*, as three lines later: *que je lui demande*. See note 61.

**91.** In Canadian French *rire* can be used transitively: *rire quelque chose* for what would be *rire de quelque chose* in standard French, where this sentence would be *Il doit en rire avec nous*.

**92.** In the play version Anthyme mentions twelve children, but in the novel the precise number is never stated. Other sons are at war in the Pacific,

Esmalda who appears later is a nun, and other daughters are mentioned here as being occupied with traditional female household chores, including washing the nappies of yet more children. Until the 1996 edition *protégerait* was spelt *protègerait*. It appears more likely that this was a typographical error rather than meant as a reflection on Corriveau's spelling.

**93.** In September 1901 the Duke of York chose the 65th Montreal Regiment as his guard of honour while visiting Quebec City. This song was improvised by members of the Regiment to celebrate this signal honour. The catchiness of the song then passed on from the Regiment throughout the Canadian army who regularly sang it in France during World War I.

**94.** An example of carnivalesque inversions, the flag, meant to be revered, serves here as a tablecloth covered with dirty plates and stained with cider. The world is upside-down. In this case, it is not just any flag, but the flag of the conqueror.

**95.** Throughout the novel, the grotesque body is further evoked by references to smell, as here. See also p. 39: 'Comme cela pue: un homme qui dort'. It is significant that, in contrast to the French Canadians, the English do not appear to sweat (p. 38).

**96.** A further grotesque mangling of the 'Hail Mary'. See note 68.

**97. revînt:** The imperfect subjunctive was replaced by the past historic in the 1996 edition: *revint*. The subjunctive was perfectly correct.

**98.** Note that the villagers' view of purgatory, hell, and God differs from that of the curé (p. 67) whose image is much bleaker. The sense of community means that the villagers view each other and any 'enfant du village' as basically good and not deserving of eternal damnation. A further example of official *versus* unofficial culture. See notes 15, 118.

**99. catéchisme:** a little book containing questions and responses on matters of faith, used as a form of instruction for children in the essentials of Roman Catholic doctrine.

**100. abattis:** 'bois abattu, branches, souches mis en tas à brûler' (Dulong, *Dictionnaire des canadianismes*). The difference is between a fire made of twigs and brushwood, and one of logs or solid pieces of wood.

**101.** Psalm 132 begins 'Memento, Domine, David et omnis mansuetudinis eius': 'Seigneur, souvenez-vous de David, souvenez-vous de toute sa fidélité'. Amélie unintentionally offers a mock declension of the Latin word *dominus*. From the vocative of *domine* she goes on comically to the genitive and dative or ablative cases, all of which she will have heard at various times in the Latin liturgy. The effect here is, of course, parodic and carnivalesque.

**102. lampions:** small glass holders with candles, often lit in memory of the dead in Roman Catholic churches.

**103. Calvaire:** Calvary, the hill upon which Christ was crucified, is here used as a curse.

**104.** The fact that seeing snow is listed as one of the pleasures of life that Corriveau is now deprived of bears witness to the love/hate relationship that Canadians have with snow.

**105.** It is true that houses, especially wooden ones, can creak during the rigours of a Canadian winter. The weight of the snow on the roof, the contracting of the clapboard of the walls in the freezing temperatures, the effects of ice and the driving wind can all lead to the house making eerie sounds in the dead of winter. In the spring it is not unusual to have to hammer nails back into wood, contraction having forced them out during the cold months. Hamelin has already been quoted on turn-of-the-century Quebec catholicism being that of 'toute religion prétechnique', whereby explanations for natural phenomena are found 'dans un monde merveilleux' (see note 72). He continued:

> Dans l'imagination des Canadiens français, le diable, cet artisan de tous les maux, saint Antoine qui trouve les objets perdus et saint Blaise qui guérit les oreillons font bon ménage avec les loups-garous, ces mécréants transformés en bêtes, les feux follets, ces âmes en peine, les revenants et les lutins. (I, 50)

See also pp. 65-6.

**106. Vieille pipe de Christ:** As mentioned earlier (note 63), this appears to be Anthyme's favourite oath. The variants *pipe/pape* have already been heard, but a third is added a few lines later.

**107.** Large families made it possible for daughters and sons to enter religious orders without fear that parents would be left alone or that the family would die out. Indeed, the Church encouraged such vocations. In *Il est par là, le soleil* Philibert's grandfather says: 'J'ai eu dix-sept enfants dans cette maison.... Des religieuses, un prêtre, des cultivateurs... un vendeur, des soldats...' (p. 24). Carrier will satirise both the nun and her parents' reaction to having a nun in the family.

**108.** As a nun, Esmalda will have had her head shaved as a sign of her renunciation of the vanity of the world.

**109.** Anthyme is using the screwdriver as a wedge in the crack between the window and its frame.

**110. mort ou vivante:** The 1996 edition changed this to 'morte ou vivante', but the *mort* undoubtedly refers to Corriveau and the *vivante* to Esmalda.

**111.** The asceticism, discipline, and mortification of the flesh associated in the religious life with the quest for spiritual perfection are reduced here to

Esmalda having to stand outside in the freezing cold. Although any trace of Jansenism was hunted out in New France, rigorism characterised by a puritanical morality has nevertheless been characteristic of the Catholic Church in Quebec since the seventeenth century. Esmalda's pronouncements do have a Jansenist ring to them in their reference to the grace of God, as well as a bleakness typical of the austere catholicism preached in Quebec. Note however that the villagers themselves do believe in the power of prayer to save. In the play version the stage direction at the beginning of this scene states: '*Cette scène doit être un peu terrifiante. Il doit en naître un sentiment de morbidité religieuse*' (III, 3).

Anticlericalism was characteristic of many writers of the 1960s. Blais ruthlessly satirises priests, directors of seminaries, monks, and nuns in *Une saison dans la vie d'Emmanuel*. For example, the daughter Héloïse, a failed nun, ends up working in a brothel and finds life there quite similar to the convent. Carrier continues his satire in the second volume of the trilogy. There, le Père Nombrillet in counselling Floralie can only talk of sin, and 'les dents de Satan', and of the world as 'une boue putride', and of sex as pernicious. 'L'homme corrompt tout ce qu'il touche...', he says as he seizes her hands and then feverishly touches her chest before collapsing out of sheer repressed sexuality, finally telling her: 'Dieu et le Diable savent que vous êtes une grande pécheresse. Que de pénitence il vous faudra offrir à Dieu' (pp. 158-61). Vallières mused: 'L'histoire des peuples offre-t-elle d'autres exemples de masochisme collectif aussi tenace que la religion catholique-québécoise?' (p. 38).

**112.** The 'Hail Mary'is once again mangled, *nos* being substituted for *nous*.

**113. combien long:** an anglicism; standard French would reword: *pour expliquer la longueur du cochon qu'il avait tué....*

**114.** In the novel itself only Arsène has killed a pig.

**115.** Further examples of the picturesque swearing characteristic of the novel. The first makes use of the elements used in the Eucharist: chalice, ciborium, host, while the second amusingly distorts the image of Christ on the cross at Calvary.

**116.** Atwood quotes the previous lines as an example of Bérubé 'passing on his own sufferings in a parody of army procedure' (p. 220). There is no break between this section and the next in the 1996 edition.

**117. les nuits blanches:** sleepless nights. The novel was originally to be entitled *La Nuit blanche*.

**118.** In his review of the novel, Lapointe described Molly thus: 'très sympathique putain, qui passe dans ces pages comme une sorte d'ange miraculeusement préservé et qui sait éveiller chez ces rustres un véritable désir d'amour'. Although Mère Corriveau can proclaim Esmalda 'Notre petite sainte!' (p. 41), Levene pointed out: 'To the villagers Molly, an ex-whore, exhibits the real saintliness of life in all its temptations and beauty'. Her humanity brings to mind carnivalesque inversions of what society considers right and wrong. In a similar juxtaposition of official and unofficial culture, the villagers have already concluded that 'malgré sa vie impure, Amélie était bonne' (p. 38).

**119.** Here begins one of the longest and most painful episodes in the novel. The critic Renald Bérubé has written:

> Toute cette scène, d'ailleurs assez longue par rapport à l'ensemble de l'oeuvre, est presque insupportable; plus que la brutalité de Bérubé, c'est l'aboulie d'Arsène et la lâcheté des villageois riant et buvant pour oublier leur peur et leur impuissance à intervenir qui font mal, qui nous présentent de la collectivité canadienne-française une image d'une vérité intolérable. (p. 160)

The carnivalesque is present in the image of Arsène as 'king of fools', the English prostitute astride his shoulders like a carnival queen. He is mocked, abused, ritually beaten, and stripped, the whole exercise aimed at the source of Bérubé's frustrations: the sergeant, the army, the English. Nardout-Lafarge comments:

> Leur lutte devient une théâtralisation de la guerre. ... Forcé par Bérubé, Arsène doit mimer, jusqu'à l'épuisement, la démarche du soldat. Les attitudes prêtées aux villageois au cours de cette bagarre métaphorisent-elles des jugements portés sur les choix des Québécois durant le conflit réel? (p. 57)

Nepveu points out that this scene is 'en plein coeur du récit'. He continues:

> Le grotesque atteint ici un point-limite: il n'est plus tant confronté à la morale dont d'ailleurs il se nourrissait, il est menacé sur son propre terrain, par cette fête tragique qu'est la guerre, et dont le terme ne peut être que le retour de l'homme aux excréments. (pp. 56-7)

In the play this episode is much shorter (III, 5, 6).

**120. en baptême:** *beaucoup.*

**121. l'enfourchure:** *l'entre-jambes*, the crotch of a pair of trousers.

**122.** It is true that, when one is tired, the Canadian cold has a soporific effect. The desire to lie down in the snow and fall asleep must be overcome by keeping moving – otherwise, one will freeze to death. In *Floralie*, Anthyme experiences the combined power of the cold and the snow to lull one invitingly to sleep:

> Il se hâtait mais il n'avançait plus, la neige se serrait contre ses jambes, elle fermait les mâchoires sur ses chevilles, s'il se libérait, elle le reprenait au pas suivant, il piétinait et un gros nuage blanc l'engloutissait, le froid avait l'haleine chaude, la neige était plus douce que les draps blancs que sa mère venait tirer sur lui le soir, Anthyme s'endormait dans les draps de la neige,...
> (pp. 150-1)

**123.** Each of the founding nationalities appears to live up to its stereotype in the novel. On the English side, what is worse is that prejudice against French Canadians is presented as being institutionalised, the soldiers having apparently had their heads filled at school with myths about their fellow Canadians. Such are the kind of clichés that Hébert fears that the novel will only confirm ('La Réception', p. 212).

**124.** English Canadians and French Canadians often view their joint history differently. (See Introduction, p. viii). Here the reader is treated to a French Canadian's view of the English-Canadian view of the British takeover. As befits the novel, the view is, of course, exaggerated. This section was not reproduced in the play version. Instead, once the villagers had been put out, the scene of the soldiers eating was elaborated (p. 59). In it they were presented much more sympathetically: appreciative of the food, and of the women, and of the French-Canadian men they had met in the army and whom they remembered as 'good guys' and 'tough soldiers' (III, 8). The essential shared humanity of the two ethnic groups was more clearly brought out.

**125.** The colony of New France, founded in 1608 by Champlain, did develop along the banks of the St Lawrence River, but by the mid-eighteenth century life there was as civilised as in New England, to the south.

**126.** Between 1756 and 1763 France and Britain were engaged in the Seven Years' War, their respective allies being Austria, Russia, and Spain on the one hand, and Prussia and Hanover on the other. The Fall of Quebec in 1759 was just one battle in the North American theatre of this war. It was, however, significant because it meant that Britain now controlled all of the eastern coast of North America from Florida northwards. In *Candide*, the book which so inspired Carrier as a boy and which is set at this time, Voltaire has Martin tell Candide: 'Vous savez que ces deux nations sont en guerre pour quelques arpents de neige vers le Canada, et qu'elles dépensent pour cette belle guerre beaucoup plus que tout le Canada ne vaut' (Ch. 23).

**127.** It is true that French interest in her North American colony waned considerably during the eighteenth century. In 1863, a century after the Fall of Quebec, Aubert de Gaspé could write of 1759 in his novel, *Les Anciens Canadiens*: 'Un voile sombre couvrait toute la surface de la Nouvelle-France, car la mère patrie, en vraie marâtre, avait abandonné ses enfants canadiens' (p. 193).

**128.** It was in the early hours of 13 September 1759 that 4,500 British troops under General Wolfe arrived beneath the cliffs of Quebec City. During the night they scaled the cliffs surprising the French forces in the morning by being lined up on fields outside the walls of the city. In a battle that lasted scarcely twenty minutes, the French were defeated and both the British general Wolfe and the French general Montcalm were fatally wounded, Wolfe dying on the battlefield and Montcalm the next day. On the site of the Battle of the Plains of Abraham a joint memorial has been raised to them. Much courage was shown on both sides.

**129.** The French were routed but a large number of soldiers managed to regroup under the command of the Governor. Five days after the battle the City of Quebec surrendered. In the spring of 1760, the French did win a second battle at Sainte-Foy, just outside Quebec City, but they were unable to press home their advantage because the British fleet arrived with reinforcements. In 1763, with the end of the Seven Years' War, New France was ceded to Britain under the terms of the Treaty of Paris. With Sainte-Foy in mind, Gaspé writes bitterly in *Les Anciens Canadiens*: 'La Nouvelle-France, abandonnée de la mère patrie, fut cédée à l'Angleterre par le nonchalant Louis XV, trois ans après cette glorieuse bataille qui aurait pu sauver la colonie' (pp. 231-2).

**130.** During the summer of 1759 – and therefore before the decisive Battle of the Plains of Abraham – the British forces besieged Quebec City and did indeed pursue a policy of burning farms and houses, but not churches, along the south shore of the St Lawrence River in the hope of forcing Montcalm into a pitched battle.

**131.** What is recommended here as a solution for French Canadians cut adrift from the mother country and finding themselves a minority on an English-speaking continent is assimilation, i.e. their absorption into the mainstream of English North-American life by the abandonment of their French roots and language. This was never an official British policy, the colonial administration being perfectly willing to let things function as they had before 1759. Nevertheless, in 1838, after rebellions the previous year in both English and French Canada, the British government sent out John Lambton, Earl of Durham, to report on the grievances of the colonies and suggest possible solutions. In his report of 1839 Lord Durham recommended that the best way forward for the French in Canada was assimilation. Bergeron comments thus on Durham:

> Il est raciste par la solution qu'il apporte au problème canayen. Il considère la race anglaise supérieure et voit dans l'assimilation à celle-ci la chance pour les Canayens de s'élever à la civilisation. (*Petit Manuel*, p. 103)

**132.** Disdain for the kind of French spoken by French Canadians has long been a characteristic of many English-speaking Canadians. For them, French as spoken in France would, of course, be one of the great *langues civilisées* of the world, but the language of French Canada could be dismissed as a *patois*. Until fairly recently schoolchildren in English Canada learned the French of France, with little attention being paid to the fact that there were millions of French speakers in their own country. In Canada, as anywhere else, a certain snobbery attaches itself to the idea of France. Even in Quebec, for example, for the Anglo-Protestant elites of Montreal, France remained synonymous with all that was chic and elegant and expensive. Department stores would have a 'French Room' filled with the latest Paris creations. No such glamour attached itself to the idea of being French-Canadian.

**133.** Nepveu comments that 'l'expulsion des villageois par les soldats constitue un glissement: de la parodie de la guerre à la guerre véritable, il n'y a qu'un pas que le roman va s'empresser de franchir' (p. 57).

**134. la croûte:** 'Partie superficielle d'une couche de neige durcie, capable de porter un certain poids: *marcher sur la croûte*, sur la neige durcie' (Bélisle). Often a frozen crust develops on the top of snow when there has been a thaw, or rain, followed once again by freezing cold.

**135. rondin:** 'gros bâton' (Bélisle).

**136.** For any country that spends the larger part of the year cold and covered in snow, the sun represents a potent symbol. In *Floralie*, on seeing his wife naked for the first time Anthyme's reaction is described thus: 'Ses yeux brûlaient comme s'il avait regardé en pleine face le soleil' (p. 28). For Floralie the consummation of their marriage is accompanied by such feelings as: 'le soleil inondait l'univers' (p. 34). Godin comments on Henri here: 'la nuit qui le caractérise suggère l'impossibilité de vivre, et appelle la fascination d'une vie possible, liée au soleil, dont il est privé'. The sun is 'symbole de vie lointaine, presque inaccessible' ('Roch Carrier: Un Terre entre deux (ou trois?) soleils', *Livres et auteurs québécois 1971* [Montreal, 1972] 305-10 [p. 309]). It does, of course, find itself in the title of the third volume of the trilogy: *Il est par là, le soleil*. Moreover, it is also found in other novels of this period: Godbout's *Salut Galarneau!*, the title of which is slang for *Bonjour le Soleil*, or Blais' *Une saison dans la vie d'Emmanuel*, which ends with images of spring and warmth: 'Emmanuel n'avait plus froid. Le soleil brillait sur la terre. Une tranquille chaleur coulait dans ses veines, tandis que sa grand-mère le berçait. Emmanuel sortait de la nuit'. Indeed, the image of the sun has been used specifically about Quebec itself, as in the following statement of Jacques Brault: 'Quand le peuple québécois aura le courage d'être lui-même, le soleil sortira de son hivernage' (Quoted by Godin, p. 309).

**137.** In Henri's dream Corriveau's coffin becomes an ark taking into itself the whole world. For Bond, 'the message is obvious: death is the fate of all men' ('Carrier's Fiction', p. 129). Atwood quotes from this episode as proof that 'surely the central Canadian experience is death and the central mystery is "what goes on in the coffin"' (p. 222). For Dansereau, Corriveau's coffin is 'symbole de la mort, de cette mort qui, un jour, unifiera les Québécois et les soldats anglais' ('Le Fantastique chez Roch Carrier et Jacques Benoit', *Canadian Literature*, 88 [1981] 39-45 [p. 40]). Ironically, the death of the second soldier does unite the two ethnic groups. Although Henri's dream bears similarities to carnival hells, cosmic terror is not defeated by laughter here.

**138. solage:** Bélisle cites this word as being *vieux français* as well as a *canadianisme de bon aloi* and defines it as: 'Fondations d'un édifice, en bois, en maçonnerie ou en béton, et plus particulièrement la partie des fondations qui excède la surface du sol'.

**139.** Five generations would take the family back 125 years. Most French Canadians, however, came to New France during the seventeenth century, immigration from France having pretty well dried up by 1672 when the intendant Jean Talon was recalled.

**140.** Although the villagers claim that the soldiers are not English Canadians, they are.

**141. la télègue:** a cart or wagon, from the Russian *telega.*

**142.** In 1974 Carrier was asked: 'Que vient faire Mireille dans le roman *La Guerre, Yes Sir!*; est-ce une conquête de Corriveau; qu'est-ce que c'est Mireille?'. He answered:

> Pour moi, c'est tout simplement une petite fille qui avait vu passer le cortège, c'était la prise de conscience de la mort, le traumatisme de la mort et ça se trahissait par une sorte de cauchemar, pour moi c'est aussi bête que ça'. ('Entre nous et Roch Carrier', p. 13)

This episode is not dramatised in the play.

**143. au lieu:** anglicism; standard French would need to complete as *au lieu de cela.*

**144.** The second volume of the trilogy *Floralie, où es-tu?* recounts the wedding night of Floralie and Anthyme Corriveau.

**145.** Including the names mentioned here, nine Corriveau sons were serving with the Canadian forces overseas. The major theatres for Canadian troops in Europe were Italy from July 1943 and north-west Europe from the Normandy landings in June 1944. Two sons are mentioned as being in the Far East. Canadian activity there was limited to Hong Kong where a Quebec unit, the Royal Rifles of Canada, was sent to reinforce the colony. They were there only twenty-two days before the Japanese attacked on the same day as they attacked Pearl Harbor. With the fall of Hong Kong any Canadians not killed would have been in prisoner of war camps.

**146. Joseph-la-main-coupée:** a coining of a nickname based on a physical trait. Bakhtin sees nicknames as being characteristic of the language of the marketplace and always consisting of an ambivalent combination of praise and abuse (p. 459). A few lines later it has been shortened to drop the real name totally.

**147. toupiller:** to spin round like a top, *une toupie*.

**148.** To this point the battle has been carnivalesque; henceforth it is serious. In the play version, where the soldiers are presented quite sympathetically, a stage direction during the carnivalesque skirmishing states: '*On voit que les Anglais ne veulent pas poursuivre les hostilités*' (III, 11).

**149.** Here the 1996 edition repeats the first exhortation: 'Let's go, boys! Let's kill 'em!'. It is interesting to note that at this point in the play version the sergeant only shouts 'Let's go, boys!' (III, 11).

**150.** Three oaths, the second of which is one of the most exuberant in the novel. The third adds chrism, the consecrated oil used for anointing, to the sacramental elements already taken in vain.

**151.** Note the use of *canadien-français* to denote the language, not *français*. Today *québécois* would probably be used.

**152.** A mangling of Psalm 130 *De Profundis*: 'Du fond de l'abîme je crie vers vous, Seigneur: Seigneur, écoutez mon appel suppliant!'. As it is not only a penitential psalm but also a psalm of hope, it is found in the *Office des défunts*: 'Du fond des abîmes j'ai crié vers vous, Seigneur: Seigneur, exaucez ma voix'. Bérubé's mangling of a psalm which is meant to be an expression of trust in God the Redeemer is ironically significant. The critic Renald Bérubé calls it: 'merveilleux lapsus qui dit plus, infiniment plus, que ce que le personnage voulait dire et qui rejoint une vérité qu'il ne croyait pas si bien formuler' (p. 157). See also the Introduction, p. xxiii.

**153.** In contrast to the large French-Canadian families heard about in the novel, English Canadians are traditionally thought to have small families of two or three children.

**154.** Day three begins.

**155.** After having killed someone, no matter what the circumstances, one would normally expect there to be repercussions. Perhaps this is another example of Carrier wanting a certain situation without feeling the need to work out the full implications of that situation.

**156.** Speaking in the late 1970s, Carrier implied that the world pictured here would be totally unrecognisable to young Quebeckers. Having mentioned that he understood the preoccupations of the younger generation, he added:

> Cependant, ce que j'ai en plus c'est l'expérience d'un passé que le jeune Québécois ne peut pas comprendre. Si je lui parle par exemple de cette prépondérance de l'Église dans nos vies, si je lui dis que certains soirs de novembre personne n'osait sortir dehors parce que les âmes des morts revenaient sur la terre, si je leur dis que dans les murs des maisons le diable grattait parce que quelqu'un dans la maison avait commis un péché, alors ça il ne peut pas le comprendre. Et je le félicite de ne pas pouvoir le comprendre parce que c'était vivre d'une façon aberrante!
>
> ('De Sainte-Justine', p. 270)

**157.** Just as the parish was the centre of village life, so the curé was the hub of the parish. Although generally of humble origin himself, his education and vocation meant that he was looked up to, respected, even feared as God's representative. Writing of the 1850s, Bergeron describes a situation which had not changed much one hundred years later:

> Devenir prêtre c'est monter dans l'échelle sociale, c'est en fait devenir membre de la nouvelle aristocratie canayenne. Ce terme n'est pas trop fort. Le clergé en établissant la suprématie de l'Eglise au Québec, en établissant sa théocratie, a donné un statut privilégié à tout membre du clergé, [a] fait de ses prêtres une classe privilégiée à qui on doit révérence, respect, obéissance, soumission, à qui on doit rendre hommage.
>
> (*Petit Manuel*, p. 142)

Ideally 'le curé est le confidant, le conseiller et le consolateur de la communauté' (Hamelin, I, 24). However, much of the anticlericalism of the 1960s targeted the parish priest criticising him for his conformism, for being out of touch with his parishioners and indifferent to their needs, for performing his duties by rote, or for being too interested in his own material comforts. Vallières took the clergy to task on this last point in particular: 'Mais les Québécois sont écoeurés de leurs prêtres en pantouffles [*sic*] qui mènent une existence de millionnaires dans leurs presbytères cossus et qui boivent du scotch avec l'argent des pauvres' (p. 55).

**158.** ***Veni, vidi, vici*****:** 'I came, I saw, I conquered', one of the most famous remarks attributed to Julius Caesar. The priest's use of a Latin quotation, even if meant to mock him, bears witness to his having received a superior education to his parishioners. He will have attended a *collège classique* and a seminary. Carrier's mother has commented that, as a schoolboy, Carrier was devout, and people would say: 'Roch va finir par faire un prêtre' (Beaulieu, p. 73). Carrier himself has stated:

> Si j'avais été un Québécois normal j'aurais voulu devenir un prêtre, toujours à cause de la présence de l'église. L'aboutissement normal d'un jeune homme intelligent c'était de devenir prêtre. ('De Sainte-Justine', p. 268)

Sutherland calls what follows 'a good example of the terror sermon' ('Calvinist-Jansenist', p. 70).

**159.** One is reminded here of Esmalda's pronouncements (p. 42). Carrier has commented:

> In my novels, I speak many times about death, but that's not really myself; I speak about death because in our religious culture death was more important than life. Man was created, according to our religion, not to live but to die. The most important thing was death and the life after death, and that's why I speak so often of death, because for all the French Canadians death was the main thing, life after death. So they did not care about life during life. (Cameron, p. 27)

In her chapter on Quebec literature, Atwood declares:

> This obsession with death is not very cheering, but neither is it precisely morbid; it is simply an image which reflects a state of soul. What the image says is that the Québec situation (or the Canadian situation) is dead or death-dealing, and therefore genuine knowledge of it must be knowledge of death. It is also an image of ultimate sterility and powerlessness, the final result of being a victim. (p. 224)

**160.** The Roman Catholic Church in Quebec did mistrust the countries of Europe. Ever since the French Revolution the clergy in Quebec had seen the French Church undergo waves of persecution. Such destructiveness reached its height in the late-nineteenth century. Ultramontane, the Quebec church had a horror of increasing secularisation and the undermining of papal authority. The separation of Church and state in France in 1905, for example, was strongly condemned. Between 1900 and 1914, two thousand like-minded and discontented French religious emigrated from France to Quebec strengthening conservative ideologies, with the result that 'on se forge une mentalité d'assiégés et on renforce de toutes parts la forteresse catholique' (Guy Laperrière, '"Persécution et exil": La Venue au Québec des congrégations françaises, 1900-1914', *Revue d'histoire de l'Amérique française*, 36 [1982] 389-411 [p. 408]).

**161.** Corriveau's coffin is placed on a black-draped catafalque placed before the high altar around which six candles burn, apparently held by statues of angels. The candles symbolise the perpetual light to which the deceased has been called, and angels are instrumental in guiding the departed soul to heaven. The curé manages to distort all that is meant to comfort.

**162.** Venial sins are those sins that are pardonable or excusable and which merit temporal rather than eternal punishment. Sometimes called 'daily sins' or 'lesser sins', they are offences against God which can be expiated by contrition, or prayer, or good works, or through confession. They do not result in the soul being denied entry to heaven. The contrast that is being made is with mortal sins, which are so serious as to deprive the sinner of a right to heaven and condemn him to eternal damnation in hell.

**163.** The curé is referring to the commandment 'Tu ne feras pas d'impureté', or as found in Exodus 20:14 'Tu ne commettras point adultère'.

**164.** Here we see the Church acting as an instrument of social control. Not only does the curé encourage the bearing of endless numbers of children but he threatens women with eternal damnation if they do not produce. His aim is, of course, to keep up French and Roman Catholic numbers on a predominantly English-speaking and Protestant continent, *la revanche des berceaux*, as it was called, 'c'est-à-dire une natalité élevée chez les Canayens pour arriver à être la majorité de la population au Canada et ainsi imposer le respect de nos droits' (Bergeron, *Petit Manuel*, p. 187). See also note 13.

**165.** Since swearing constitutes a rite of passage from adolescence to adulthood, Arsène realises that his son has grown up. Father and son then compete goodnaturedly in something of a *concours de sacres*. Pichette has written of young men like Philibert: 'Dans leur esprit, plus ils sacreront, plus ils seront «homme»; et s'ils inventent de nouveaux jurons, ils s'imposeront et seront respectés comme des chefs' (p. 91). In *Il est par là, le soleil*, the young Philibert ponders: 'Quand il sera un homme, il aura le droit de jurer à voix haute, de blasphémer aussi fort qu'il le voudra, comme son père et tous les hommes' (p. 21).

**166.** It is highly unlikely that any grave would be dug during the winter in such a community. Generally, the ground would be frozen down to about six feet, and bodies would have to be kept for burial in a charnel-house until the ground had thawed in the spring. This is just the situation described in the final volume of the trilogy: it is spring:

> Quand le grand trou est terminé, son père [Arsène] marche dans la terre boueuse vers une petite cabane blanche, au fond du cimetière; là sont entassés les trois ou quatre cercueils de l'hiver qu'il est temps d'inhumer quand la terre est ramollie par le printemps. L'hiver conserve les morts durs et sans odeur. (p. 13)

Sainte-Justine, the village in which Carrier grew up, does have a charnel-house. In fact, during an interview with Carrier at Sainte-Justine, Nicole Beaulieu and Carrier walked to it. She reported: 'Que de fois il a fureté ici, l'hiver, attiré par le mystère des cercueils empilés. «On venait surveiller les morts.» Je crois comprendre pourquoi ils occupent tant de place dans ses livres...' (p. 74). For Carrier's purposes in *La Guerre, yes sir!* a graveside scene is obviously more dramatic.

**167.** The continuation of Philibert's story will form the subject of the third volume of the trilogy.

**168.** Flashback to Corriveau's death. Although it is obviously not necessary to identify any particular place as the scene of Corriveau's death, nevertheless it can be stated that from July 1943 Canadian forces were active in Italy and, from June 1944, in Normandy and north-west Europe. Of the 1,086,343 Canadian men and women who served in the three services during the war, 42,042 lost their lives.

Corriveau's is a carnivalesque death, scatological liberties having an important part to play during carnival. In being connected to the grotesque body and bodily functions, this unheroic death mocks the official version offered by the curé: 'notre fils Corriveau est mort saintement en faisant la guerre aux Allemands' (p. 67). But Bakhtin reminds us that references to excrement do not just have the power to degrade or debase, but a positive element as well: 'We must not forget that the image of defecation, like all the images of the lower stratum, is ambivalent and that the element of reproductive force, birth, and renewal is alive in it' (p. 175).

Note also that we see here a *vrai nègre* meeting a *nègre blanc d'Amérique*. In his review of the translation, Levene criticised Carrier for not having been 'completely successful in formulating the claims of both life and history'. The creation of the English soldiers was seen as too 'automatic', and their snapping to attention 'shows us nothing but the author'. As regards this scene, he continued: 'At the end Carrier allows another momentary blurring of his focus by using his pointer again. We briefly see Corriveau with a Negro soldier; the political connection is neatly made, but feels prefabricated'. In the play this scene takes place earlier (I, 7) and the dialogue with Harami, who has 'spent some years at Oxford University' is longer. Corriveau introduces the topic of women, and Harami confides: 'We have the loveliest women in the world', to which Corriveau replies: 'Passe moi le pot de peinture noire, j'veux devenir un nègre. Tabernacle! I want to be a nigger like you'. Harami answers: 'My friend, it is more difficult than simply being a man.' Corriveau's death ends the first act.

Finally, one might add that the fact that Corriveau's second question is to do with snow bears witness once again to the omnipresence of snow and winter in the lives of Canadians.

**169. icebergs:** Ironically, the use of the English word is not a regionalism but the official word in standard French. In fact, in French Canada *glaces flottantes* has actually been used, probably to avoid having to resort to the English word.

**170.** Here are some of the disagreeable aspects which contribute to the love/hate relationship Canadians have with snow.

**171.** Carrier's English in the novel is not always idiomatic. Here one may imagine the completed sentence as '*Now, you may go ahead*', but in the English translation Sheila Fischman changes Carrier's English to 'Now you can go...' (p. 112).

**172. chape noire:** cope, the long vestment resembling a cloak worn by priests in processions.

**173.** The symmetry of the situation is emphasised visually in the play version where the last stage direction states: '*Apparaît le cortège des Anglais et de Bérubé qui portent le soldat tué. Molly suit derrière. Ce cortège anglais traverse le cortège des Canadiens français*'.

**174.** Arsène has the last words in the play version. Having filled in the grave, he says pensively: 'La guerre, je pensais qu'elle était loin. Elle est moins loin qu'on pense. Elle a frappé icitte, au village'. The stage direction then states: '*Il donne les derniers coups de pelle. Il s'en va, pelle sur l'épaule, comme un fusil*'.